Willy Hardt

Der verbitterte Keiler

Willy Hardt

Der verbitterte Keiler

Landbuch Verlag

Hinweis

Mit diesem Buch haben Sie einen Band aus der Reihe „Humor und Jagd“ gekauft, der Ihnen viel Freude bereiten wird. Diese Bände sind keine Ratgeber. Wenn also „besondere Erlebnisse“ geschildert werden, sind sie keinesfalls als Aufforderung zur Nachahmung gedacht. Trotz des Lächelns, das die Geschichten in uns hervorrufen werden, dürfen wir nicht vergessen, daß manchmal gegen geschriebene und ungeschriebene Gesetze, Verordnungen oder Sicherheitsbestimmungen verstoßen wurde. Wenn wir uns dessen bewußt bleiben, können wir den Humor und das „Jägerlatein“ – mit dem vielleicht (!) ein bißchen zu rechnen ist – unbeschwert genießen.

Schutzumschlag und Zeichnungen: Reinhard Stanek

Gesamtherstellung: Landbuch-Verlag GmbH, Hannover

ISBN 3 7842 0295 0

Inhalt

Der Sonntagsjäger

Einmal im Leben Jagdkönig sein

Der Doktor Cäsar Knauf war wohl das, was man einen Sonntagsjäger nennt. Er hatte weder eine eigene Jagd, noch eine besonders starke Passion, nahm auch die „Jagdwissenschaft“ nicht all zu ernst, schoß mit der Büchse leidlich, mit der Flinte miserabel. Dennoch wurde er oft und gern zu den Jagden der näheren und weiteren Umgebung eingeladen. Er trug alle Hänseleien über seine „Schießkunst“ mit großartigem Humor, war sehr hilfsbereit, immer gutgelaunt und ein ausgezeichneter Gesellschafter.

So hatte ihn auch der Rittergutsbesitzer Hendriks zur traditionellen Herbstjagd eingeladen. Diese Veranstaltung stellte in mehrfacher Hinsicht einen jagdlichen Leckerbissen dar, den die Gäste wohl zu schätzen wußten. Zunächst zeichnete sie sich durch ihren Wildreichtum aus. In den riesigen Getreide-, Kartoffel-, Rüben-, Raps- und Maisschlägen kamen Hasen und Fasanen in großer Zahl vor. Die breiten Schilfgürtel des langgestreckten Sees bildeten ein wahres Entenparadies und die sandigen Kiefernpartien des Gutswaldes ein Kanincheneldorado. Alsdann wurde diese Jagd durch den Gutsherrn und seinen Oberförster Kalk so trefflich vorbereitet und geleitet, daß sie stets zügig und vollkommen planmäßig ablief. Eine besondere Note erhielt die Jagd auch durch die Arbeit von erstklassigen Hunden, auf die Hendriks größten Wert legte. Er führte selbst einen kapitalen DD-Rüden und lud bevorzugt solche Gäste ein, die gute Gebrauchshunde mitbrachten. Schließlich sorgte die Gutsherrin höchstpersönlich für eine hervorragende Bewirtung der Jagdgesellschaft.

Der Doktor führte wie immer seine – in den Jägerkreisen schon bestbekannte – Browningflinte mit sich. Seinen Jagdterrier Bepi aber, der ihn auf anderen Jagden stets begleitete, hatte er zu Hause gelassen. Der sonst so großzügige Jagdherr duldete ihn nicht, weil Bepi entweder nach Belieben umherstöberte und die anderen Hunde störte oder, falls er an der Leine geführt wurde, seinem Herrchen fast jeden Schuß verriß und auf diese Weise ernste Gefahren für die benachbarten Schützen und Treiber heraufbeschwor. Der Doktor, ohnehin ein schlechter Flintenschütze, wurde dadurch noch nervöser und glänzte durch ganze Serien von Fehlschüssen. Ohne den temperamentvollen, aber wenig gehorsamen Hund war er viel ruhiger und traf auch gelegentlich ein Häschen oder Huhn.

An diesem schönen und denkwürdigen Herbsttage nun geschah etwas geradezu Historisches: der Doktor wurde Jagdkönig! Schon das erste Treiben begann mit einem Paukenschlag. Ein langes Rübenfeld wurde in Form einer Streife genommen; zwischen zwei Schützen marschierten jeweils zwei Treiber, und davor arbeiteten insgesamt neun Vorstehhunde. Der Doktor beobachtete gerade fasziniert, wie sein Nachbar zur Linken mit einer sauberen Dublette zwei Hühner aus einer abstreichenden Kette herausschoß, als dicht vor ihm ein Fasanenhahn aufstand. Völlig überrascht und überhastet feuerte er auf den steil emporsteigenden Gockel: domm, domm, – domm, domm, domm – sang die Browning ihre volle Strophe herunter. Unberührt segelte der Hahn in schneller Fahrt durch die Lüfte – doch jäh ward sein Flug wie von Geisterhand gestoppt! Federn umwirbelten den Vogel; dann stürzte er senkrecht zur Erde herab.

Ein dröhnendes Gelächter lief durch die Schützen- und Treiberkette, die das Schauspiel aufgrund des schon bekannten Schnellfeuers aufmerksam beobachtet hatte. Was war geschehen? Der Hahn, von den peitschenden Schüssen getrieben, war in die über das Feld führende Hochspannungsleitung geraten und mit voller Wucht gegen einen der Drähte geprallt. Schmunzelnd notierte der buchführende Gutsinspektor einen Fasanenhahn zugunsten des Doktors Cäsar Knauf.

Das blieb nicht die einzige Beute des Medizinmannes auf dieser Streife. Am Ende des Rübenschlages erwischte er mit dem dritten Schuß gerade noch die Hinterläufe eines Hasen, der sich zu lange in dem Kraut gedrückt hatte. Der Hund des Nachbarschützen würgte und apportierte den lädierten Mümmelmann. Der Inspektor aber zog einen besonders dicken Strich in der Hasenspalte des Doktors.

Im nächsten Treiben, einem großen Kessel, erzielte unser Sonntagsjäger auf ungewollte Weise eine sagenhafte Strekke. Er stapfte gemächlich über einen Kartoffelacker hinweg, sah einer vorbeistreichenden Henne nach und zuckte erschreckt zusammen, als dicht vor ihm eine sehr starke Kette von Hühnern aus dem fast trockenen Kraut herauswirbelte. Einen Augenblick stand er verdattert und tatenlos da, riß dann aber die Browning hoch und drückte just in dem Moment ab, als das Volk eine Schwenkung nach rechts machte. Genau dorthin fuhr die Schrotgarbe! Mit verheerender Wirkung! Entsetzt sah der Schütze die fallenden Hühner, wohl mehr als ein halbes Dutzend.

„Waidmannsheil!“, klang es von links herüber. „Warten Sie, ich komme Ihnen zu Hilfe.“ Das rief ihm der dicke Metzgermeister Würmeling zu, der den Massenabschuß wahrgenommen hatte und nun, seinem DD-Rüden pfeifend, eilig heranstapfte.

„Such verloren, mein Hund! Brav apport!“ kommandierte er. In kurzer Zeit brachte der Hund fünf Hühner herbei.

„Das ist noch nicht alles. Such weiter, Harras!“

Tatsächlich fand der Rüde noch zwei Hühner, die krank waren und sich gedrückt hatten. Hilflos starrte der Doktor auf den Segen und wollte sich entschuldigen: „Das war nicht Absicht, sondern ein ganz dummer Zufall!“

Aber Würmeling winkte lachend ab: „Ist mir auch schon passiert! Doch jetzt müssen wir uns sehr beeilen, um noch den Anschluß zu kriegen.“ Er half mit, die Hühner an den Galgen zu bringen, an dem nur eine Schlaufe frei blieb. Dann stapfte er so hurtig davon, daß der Doktor ihm kaum folgen konnte. Es gelang ihnen, sich einzureihen, bevor der Kessel zu Ende war. Der Medikus aber war noch immer so verwirrt und mitgenommen, daß er auf einen stichgerade heransegelnden Fasanenhahn gar nicht in Anschlag ging und auch einen nach rückwärts ausbrechenden Hasen verpaßte.

Bald darauf erklang das Signal „Treiber rein!“ und dann auch „Hahn in Ruh!“ Der Gutsinspektor zückte sein Notizbuch und nahm die Strecke auf. Natürlich erregte der fast volle Galgen des Doktors großes Aufsehen. Wann hatte Cäsar Knauf zuletzt ein Huhn getroffen? Und nun mehr als ein halbes Dutzend in einem Treiben? Dem Schützen war klar, daß die alten Füchse genau wußten, auf welche Weise die Riesenstrecke erzielt worden war und daß alsbald das Wort vom Schuß in die vollen fallen würde. Da blieb ihm nur, dem Spott der Gesellschaft zuvorzukommen!

Rasch nahm er noch einen stärkenden und beruhigenden Schluck aus seiner „großkalibrigen“ Jagdflasche und sagte lächelnd zu den erwartungsvollen, bereits spöttelnden Mitjägern: „Aber meine Herren, warum wundern Sie sich über die paar Hühnchen? Wußten Sie nicht, daß ich einen Spezialkurs im Tontaubenschießen absolviert habe? Hat mich zwar ein kleines Vermögen gekostet; aber den Erfolg sehen Sie ja nun!“

Schallendes Lachen war die Antwort; man amüsierte sich wieder einmal köstlich über den Humor und die Schlagfertigkeit des Kunstschützen. Auf dem Weg zu Wasser und Schilf fand der Doktor Gelegenheit, sich beim Jagdherrn wegen des ungewollten „Massenmordes“ zu entschuldigen. Hendriks klopfte ihm wohlwollend auf die Schulter und meinte lobend: „Schon gut, Cäsar! Nicht jeder hätte eine Erklärung für nötig gehalten.“ – So war die Welt für Cäsar Knauf wieder in Ordnung!

Als nächste kamen die Enten dran. Zwar erhielt der Doktor einen sehr guten Stand zugewiesen, donnerte auch dreimal das Magazin leer; aber er vermochte keinen der schnellen Vögel herunterzuholen.

„Ja, lieber Cäsar, die Enten kommen nicht in geschlossenen Ketten vorbei!“, hänselte ihn sein Nachbarschütze, der lange Bodenstedt.

„Schieß lieber den Erpel hinter dir, du Schlafhaube!“ konterte Knauf. Hastig fuhr Bodenstedt herum – aber da war nur Luft und Himmelsbläue. „So schieß doch, du Träumer!“ lachte der Medikus.

Nach dem Schilftreiben wurde das Frühstück eingenommen. Wie üblich wachte Frau Hendriks darüber, daß Jäger und Treiber aufs beste bedient wurden. Man ließ es sich gut schmecken; man plauderte, lachte, scherzte. Gegenstand der Heiterkeit war nicht zuletzt des Doktors „Spezialkursus im Tontaubenschießen“.

Anschließend wurde wieder ein großer Feldkessel bejagt. Das Treiben verlief für den Doktor zunächst „ganz normal“. Auf zwei Hasen und drei Fasane hatte er vergeblich Dampf gemacht, schließlich doch einen starken Rammler zur Strecke gebracht. Aber dann sorgte er wieder für einen großen Auftritt – und Diana half ihm dabei.

Als nämlich der Kessel zur Hälfte getrieben war, wurde ein Fuchs hoch und flüchtete auf etwa fünfzig Gänge an der Schützenkette entlang. Ein wahres Trommelfeuer setzte ein. Zwar zeichnete Reineke auf die meisten Schüsse, wurde endlich auch langsamer, und die Standarte sank mehr und mehr herab – aber fallen wollte er nicht. Dann geriet der arme Wicht in den Feuerbereich der ärztlichen Browningflinte. Da passierte es: Nach dem ersten Schuß aus der Schnellfeuerwaffe sank der Fuchs kraftlos zusammen und rührte sich nicht mehr.

„Bravo, bravo! Waidmannsheil!“ rief man von links und rechts dem Schützen zu.

„Endlich ein Meisterschuß!“ „Tjawoll, wie'n Evipanstoß!“ „Der zählt sechs Hasen!“ „Klar, Cäsar wird Jagdkönig!“ So freuten sich die Nachbarschützen, während dicht vor dem Doktor zwei Hähne aufstanden. Und ihm gelang – vielleicht führte tatsächlich Diana den Lauf der Browning – die erste Dublette seines Lebens! Zwar war sie nicht ganz lupenrein – denn der zweite Hahn fiel erst nach dem dritten Schuß –; aber das beachtete niemand. Die Tatsache, daß der Doktor beide Hähne getroffen hatte, löste einen unbeschreiblichen Jubel aus. Der Schütze selbst wußte nicht, wie ihm geschah. Ein Weilchen war er ganz benommen und schaute verwundert auf die Hähne, den Fuchs und seine Flinte, faßte sich dann aber schnell und winkte lässig nach beiden Seiten wie ein Bühnenheld, der sich der Gunst seines Publikums bewußt ist. Die Jagdgesellschaft feierte ihn bereits als Anwärter auf den Jagdkönig.

Anschließend wurde eine große Kieferndickung getrieben, in der die Karnickel zu Hause waren. Hier knallte es immer lustig vom Anfang bis zum Ende, und trotz mancher Fehlschüsse gab es hier stets die größte Strecke. Der Doktor aber ging fast immer leer aus.

„Vorn viel zu schnell – hinten viel zu kurz – nichts für mich!“ pflegte er mit lakonischer Selbstironie zu sagen. Tatsächlich gelang es ihm nur selten, einen der hurtigen Flitzer zu erlegen.

An diesem Tag jedoch blieb ihm Diana hold. Zuerst kam er auf ein Kanin zu Schuß, das kurz vor dem Dickungsrande plötzlich stutzte und ihm ein ruhiges Ziel bot. Es blieb im Feuer. Dann quälte sich ein krankes Karnickel langsam an ihm vorbei, das er auf der Schneise packen konnte. – Kopfschüttelnd zog der Gutsinspektor die Striche in der Kaninchenspalte des Doktors, die sonst fast immer leer blieb.

Den Abschluß der Jagd bildete das Vorstehtreiben entlang der großen Landstraße. Wie diese Jagd begonnen hatte, so denkwürdig endete sie auch: Wieder machte der Doktor Cäsar Knauf auf ganz ungewöhnliche Weise Beute. Er hatte seinen Stand an der Straßenflanke erhalten, kurz vor dem Ende des Treibens. Zunächst feuerte er auf einen breit, aber zu weit vorbeiflüchtenden Hasen das ganze Magazin leer, ohne den geringsten Erfolg zu haben. Kaum hatte er nachgeladen, als ein „Selbstmörder“ spitz auf ihn zukam. Da machte unser Doktor den anderen Fehler, daß er den Hasen zu dicht heranließ und gleichfalls fehlte.

Nun folgte ein grandioses Schauspiel: Der aufgeschreckte Mümmelmann sauste an dem verdatterten Schützen vorbei und jagte, von vier weiteren Garben aus der bellenden Browning verfolgt, in wilder Zickzackflucht über den breiten Wiesenstreifen auf die Straße zu. Dort machte er in seiner Todesangst und durch die vorbeibrausenden Autos gänzlich verstört, einen mächtigen Satz und – verschwand im Fond eines offenen Streifenwagens!

Das ist kein Jägerlatein!!

Die Treiber brüllten vor Vergnügen, und die Nachbar- und Frontschützen hatten wieder allen Grund zum Witzeln: „Die Polizei, des Hasen Freund und Helfer!" „Ja, der läßt sich gleich in die Klinik fahren!" „Der Cäsar und sein Autohas' müssen in die Zeitung!"

Der Streifenwagen hatte sofort das Blaulicht eingeschaltet, drosselte das Tempo und fuhr scharf an die Fahrbahnseite heran. Zwei Beamte stiegen aus und machten sich im Fond des Wagens zu schaffen. Kurz darauf kamen sie mit dem Hasen zum Vorschein, hielten ihn hoch und winkten.

Hendriks hatte seinen Eckstand bereits verlassen, nahm den Doktor mit und ging zu den Beamten hinüber. Sie waren aus der Kreisstadt und den Jägern bekannt. Man begrüßte sich freundlich und sprach lebhaft über den einmaligen Vorfall.

Hendriks überließ den verendeten Hasen „zur Entschädigung für die Verschmutzung des Wagens" den überraschten Polizeibeamten. Mit „Waidmannsdank" und „Gute Fahrt!" verabschiedete man sich.

LIZEI

Das unterbrochene Treiben wurde zu Ende geführt und noch manches Häschen erlegt. Der Doktor aber ließ den einen Hasen, der ihm noch recht günstig kam, unbeschossen durch. „Ich wollte und konnte nicht mehr!“, erklärte er dem Apotheker Krautmann, mit dem er zum Sammelplatz ging.

Es bleibt noch zu berichten, daß der Doktor Cäsar Knauf und seine „tollen Eskapaden“ das Gesprächsthema des Abends waren, daß er tatsächlich zum ersten Male in seinem Leben Jagdkönig geworden war – obwohl der Fuchs „gemäß alter Gutsjagdordnung“ nur mit einem Strich zu Buche stand.

Man ließ den also Geehrten immer wieder hochleben und stieß mit ihm an, so daß schließlich der Gutsherr persönlich den Doktor zwar volltrunken, aber sonst wohlbehalten nach Hause brachte.

Im Reitsitz auf dem Überläufer

Ein klarer Wintertag neigte sich seinem Ende zu. Der Doktor Cäsar Knauf hatte den letzten Patienten entlassen und rüstete zum Heimweg, als das Telefon schellte.

„Donnerwetter!“ schimpfte der Vielbeschäftigte. „Gibt’s denn gar keinen Feierabend mehr!?“

Dennoch meldete er sich beherrscht und sachlich wie immer. Eine bekannte freundliche Stimme tönte aus der

Muschel: „Waidmannsheil, Cäsar! Hier Richard. Hör mal, wir haben zur Zeit zu viel Sauen im Revier und wollen heute abend einige Hochsitze besetzen. Hast du Lust, mitzumachen?"

„Und ob! Sonst würde ich wieder am Stammtisch gegen meine Gesundheit sündigen. Wann soll ich da sein?"

„Um acht, bitte. Und zieh dich warm an; die Mondnacht wird kalt. Waidmannsheil!"

„Waidmannsheil und Waidmannsdank!"

Niemand anders als sein jagdlicher Freund und Gönner, der Rittersgutsbesitzer Hendriks, hatte angerufen und die Zusage erhalten. Noch vor dem Abendessen verstaute der Doktor seine Jagdausrüstung im Wagen, um frühzeitig abfahren zu können. Der Gutsherr liebte die Pünktlichkeit, und nach dem Neuschneefall war eine kleine Zeitreserve durchaus geboten. Tatsächlich hatte der Mercedes Mühe, durch eine Schneewehe hindurchzukommen; aber kurz vor der festgesetzten Zeit trafen Wagen und Fahrer auf dem Gutshof ein. In der Diele waren bereits der Jagdherr und sein Nachbar, Gutsbesitzer Kronert, ferner der Kreisjagdberater Dorn und der Gutsförster Kalk versammelt. Fast mit dem Acht-Uhr-Schlag traf schnaufend der Metzgermeister Würmeling ein.

Damit war die Runde vollzählig.

Bei einem Schnäpschen gab Hendriks den vorgesehenen Ablauf der Mondscheinjagd bekannt. Nachbar Kronert sollte den Metzgermeister zum „Erlenhochsitz" bringen und dann die „Taubenkanzel“ besetzen. Kalk sollte den Doktor zum „Bachturm“ fahren und anschließend auf den „Ausblick“ steigen. Er würde den Kreisjagdberater zum “Königsturm“ bringen und selbst die „Südkanzel“ besetzen. Gegen Mitternacht sollte jeder Fahrer den abgesetzten Schützen abholen und zum Gut zurückbringen. Falls ein Stück zur Strecke käme, könnten sich jeweils die beiden Nachbarn durch lautes Rufen verständigen und es möglichst gleich mitbringen. Ein kleines Nachtmahl würde die Jagd beschließen.

Minuten später fuhren die Wagen ab. Kalk erzählte dem Doktor, daß der „Bachturm“ zur Zeit wohl der aussichtsreichste Hochsitz wäre, daß die Sauen meist von links durch die Jungbuchen kämen und über die Wiese zum Bach hinunter und zur jenseitigen Wintersaat wechselten. Darunter lockten noch übriggebliebene Kartoffeln der letzten Ernte. Die Aussichten, zum Anblick und zu Schuß zu kommen, seien gut bis sehr gut; die Schwarzkittel hätten auf dem Schlag ganz frisch gebrochen.

Der Förster hielt an der letzten Wegkehre, führte den Doktor durch die vorspringende Waldecke hindurch und zeigte ihm den in eine Baumgruppe geschickt eingebauten Hochsitz.

„Das ist Ihr Platz. Und wenn was Besonderes sein sollte – ich sitze nur knapp 200 Meter unterhalb am Bach. Waidmannsheil!“

„Waidmannsdank, mein lieber Kalk! Ich komme schon klar.“

Während der Forstmann zu seinem Wagen zurückging und in Richtung „Ausblick“ fuhr, kraxelte der Doktor zum „Bachturm“ hinab und erklomm vorsichtig die steile Leiter. Oben lud und sicherte er die Waffe, stellte sie behutsam in die linke Ecke, wischte den lockeren Schnee von der Bank, zog den Pelz über und zündete sich eine Zigarre an. So meinte er es eine geraume Weile aushalten zu können, zumal ihn der ganze Zauber einer winterlichen Vollmondnacht umgab. Unberührt lag der glitzernde Neuschnee ringsum; der Wald schien wie in Watte verpackt zu sein. Leise nur drang das Murmeln des Baches zu ihm herauf.

Die Zeit verann. Über eine Stunde hatte der Doktor nun bereits reglos auf der harten Bank ausgeharrt. Das war für ihn eine erstaunliche Leistung, da er doch sonst kaum zehn Minuten still sitzen konnte.

Als jetzt aber der erste Kälteschauer über seinen Rücken lief, konnte er dem Verlangen nicht widerstehen, den Flachmann aus der Rocktasche hervorzuholen. Ein Schluck Asbach sollte ihn wieder ein bißchen aufheizen. In diesem Augenblick durchschnitt ein jämmerliches Jieek die Stille. Der Doktor zuckte zusammen, vertauschte schleunigst die Flasche mit dem Jagdglas und suchte den Buchenhang zur Linken ab. Aber im Blickfeld tauchten nur die Schatten der Bäume auf, die ersehnten schwarzen Körper nicht.

Doch die Ruhe des einsamen Jägers war dahin. Nervös rutschte er hin und her, griff nach der Büchse, machte Zielübungen auf Wald und Wiese, stellte die Waffe wieder weg und hatte erneut das Glas vor den Augen. Nichts! Enttäuscht setzte er ab und griff wieder nach der Kognakflasche – da wurde es hinten am Wiesenrand lebendig! Vier, sieben, neun schwarze Körper hasteten aus den Buchen heraus und zum Bach hinunter, über hundert Meter entfernt. An einen Schuß war nicht zu denken. Er konnte die letzten Stücke gerade noch als Überläufer ansprechen, dann verschwanden sie zwischen den Erlen und Weiden am Wasserlauf.

„Ertrinken mögt ihr!“ schimpfte Knauf wütend. Er tat einen langen Zug und spürte einen wohltuenden Wärmestrom; als er erneut ansetzen wollte, huschte ein Schatten durch die Büsche am Bach, nur noch sechzig, siebzig Gänge entfernt. Kurz darauf hörte er's auch rascheln, knacken, schmatzen. Schleunigst steckte er die Flasche weg und legte die Büchse auf der Brüstung auf.

Iiiieek – wie ein Nadelstich drang der Klagelaut durch die nächtliche Stille. Diesmal riß es den Doktor förmlich zusammen; aber er hatte keine Zeit, sich von dem Schreck zu erholen, denn augenblicklich purzelte aus den Büschen ein dunkler Kobold heraus, wahrscheinlich der abgebissene Wutz. Dann stand er plötzlich regungslos auf der freien Fläche, sekundenlang, als wüßte er nicht, was nun zu tun sei. Das war sein Verhängnis! Denn der Jäger auf dem Hochsitz nutzte den günstigen Augenblick. Er hatte die Waffe alsbald im Anschlag, sah den Zielstachel vor dem Blatt zittern – im peitschenden Knall sackte der Überläufer zusammen und lag wie ein Stein im Schnee. Jenseits des Baches polterte, prasselte die Rotte davon.

„Gut gemacht, Cäsar! Waidmannsheil!“ triumphierte der Schütze, warf die Hülse aus, leerte auch das Magazin und konnte gar nicht schnell genug zu seiner Beute eilen. Beruhigt und voller Stolz betrachtete er den leblosen Wutz, lehnte die Büchse an die nächste Erle und hatte schon wieder das Kognakfläschchen geöffnet, als der Überläufer plötzlich hoch wurde und auf einknickenden Läufen davonwollte.

„Nein!“ schrie der Doktor, ließ Flasche und Verschluß fallen, stürzte sich auf den taumelnden Wildkörper und erwischte den linken Hinterlauf. Den hielt er eisern fest, preßte ihn gegen den Boden und kam wieder auf die Beine. Es gelang ihm, auch den rechten Lauf zu packen und die Hinterhand hochzureißen. So war dem Überläufer die vorwärtsdrängende Kraft genommen; aber lange hätte ihn der – in solcher Schwerarbeit gänzlich ungeübte – Medizinmann doch nicht festhalten können. „Kaalk – Hiiilfe!“ brüllte er. „Hiilfe – Hiiilfe!“

Aus der Ferne kam Antwort, was ihn aufatmen ließ. Aber dann wurden die folgenden Minuten doch zur Ewigkeit. Außer dem ständigen Hin- und Herrucken der Läufe wurde auch das zu tragende Gewicht mehr und mehr zur Last. Die Hände drohten abzusterben, völlig hinderlich war der schwere Pelz. Der Schweiß rann ihm an Stirn und Rücken herunter. Da fiel sein Blick auf ein Bündel armstarker Stockausschläge, die unten dicht zusammenstanden, nach oben aber auseinanderstrebten. Sie konnten Hilfe bedeuten. Er zerrte die Hinterhand durch zwei der Stämmchen hindurch, drückte den Wutz mit aller Kraft nach unten, bis dieser regelrecht eingeklemmt und in seiner Bewegungsfreiheit stark behindert wurde. Der Doktor hatte keine Mühe mehr, den eingeklemmten Wutz festzuhalten. Im Gegenteil! Er setzte sich auf die Keulen, um jeden eventuell noch möglichen Fluchtversuch zu unterbinden.

„Na, Cäsar, hättest dir nicht träumen lassen, daß du je auf einer Wildsau sitzen würdest!“ nahm er sich selbst auf den Arm, knöpfte den Pelz auf und atmete tief durch. Dann schaute er sich um, gewahrte die im Schnee liegende Kognakflasche und seufzte schwer. Welch eine Wohltat wäre jetzt so ein ordentlicher Schluck gewesen! Aber er hatte ja noch die Zigarren wohlbehalten im Etui! Und mit einer Brasil im Munde kam er auch gut über die Wartezeit hinweg. Der Wutz machte keinen Fluchtversuch; er schien ebenfalls erschöpft zu sein und rührte sich kaum.

Dann flammten oben am Hang Scheinwerfer auf. Kurz darauf hielt ein Wagen, eine Tür klappte, und nun hallte die Stimme des Gutsförsters durch die Nacht: „Doktor, was ist los? Wo sind Sie?“

„Hier unten am Bach! Hab 'ne Sau fest!“

Kalk konnte sich zwar keinen Reim darauf machen, nahm aber seine Büchse und eilte zur Wiese hinunter. Schon von weitem sah er ein dunkles Gebilde zwischen den Jungerlen, hastete darauf zu und starrte verdattert auf das seltsamste

Bild, das er je gesehen hatte. Da saß doch wahrhaftig der Medizinmann im Reitsitz auf einer eingeklemmten Sau und rauchte eine Zigarre!

„Doktor, Sie riefen um Hilfe . . .?"

„Natürlich tat ich das! So geben Sie doch dem armen Kerl den Fangschuß, er hat sich lange genug geängstigt."

„Fangschuß?" murmelte der Förster verstört. „Jawohl – Fangschuß!" Fast mechanisch brachte er eine Patrone in den Lauf, hielt schräg von hinten auf den Teller und drückte ab. Der Überläufer sackte zusammen; ein leichtes Zittern lief durch den Körper, dann lag er regungslos zwischen den Erlen. Jetzt erst stand der Doktor seelenruhig auf, reichte dem Forstmann die Hand und meinte gutgelaunt: „Waidmannsdank, mein Lieber! Was hätte ich ohne Ihre Hilfe angefangen?"

Kalk aber wollte etwas anderes wissen. Zunächst warf er die Hülse aus, dann polterte er los: „Zum Donnerwetter! So sagen Sie doch endlich, wie Sie auf den lebenden Wutz gekommen sind!"

„Aber, aber, mein Guter! Das hat noch Zeit. Jetzt wollen wir erst mal sehen, ob noch ein Tropfen in der Flasche ist." Sie war günstig gefallen, steckte mit der Öffnung nach oben im Schnee und enthielt noch mindestens ein Viertel des Weinbrandes. Zwei Schritte daneben lag der Verschlußbecher. „Wenn man Dusel hat, hält er bis zum Schluß an!" freute sich der Doktor, „und jetzt, mein lieber Kalk, trinken wir einen Schluck auf das große Rätsel." Er hielt seinem „Befreier" den gefüllten Becher hin.

„Waidmannsheil!“, sagte der Förster nur, kippte den Kognak mit betont scharfem Ruck und zündete sich eine Zigarre an. Der Medikus schmunzelte, trank dann selbst mit großem Genuß, tat noch einen langen verzögernden Zug aus seiner Zigarre, um endlich von seinem Erlebnis mit dem Wutz zu erzählen.

„Donnerwetter! Das is' 'ne Leistung! Das is' 'n Ding!“, staunte Kalk und stand einen Augenblick still und sinnend da.

„Aber der ist doch nicht vom Luftdruck umgefallen!“, rief er plötzlich, warf den Rest seiner Zigarre in den Schnee, zog den Wutz mit einem mächtigen Ruck aus den Erlen heraus und untersuchte ihn gründlich. Am Widerrist fand er eine Stelle, wo die Borsten etwas lückig und zerzaust zu sein schienen.

„Sieh einer an: ein Krellschuß! Da haben Sie aber riesigen Dusel gehabt, Doktor! Fünf Millimeter höher – und der Wutz hätte nicht einmal gezeichnet!“

„Ei der Daus! Da hab' ich ja wieder mal ganz schön gepatzt! Armer Cäsar, man wird dich wieder mächtig hänseln!“

„Nicht doch!“ tröstete Kalk. „Den etwas schwachen Schuß haben Sie durch Ihre Geistesgegenwart doch zehnmal wettgemacht!“

Ohne ein weiteres Wort zu sagen, eilte er davon und kam nach wenigen Minuten mit einem respektablen Fichtenbruch zurück. „Nochmals Waidmannsheil, Doktor! Und diesen Bruch heben Sie sich gut auf! Solch ein Erlebnis hat man nicht alle Tage."

„Werde ich bestimmt tun! Waidmannsdank!", antwortete der Glücksschütze und steckte den schweißgenetzten Bruch sorgsam an seinen Hut. Gemeinsam brachen sie dann den Wutz auf, zogen ihn zum Wagen hinauf und verstauten ihn im Kofferraum.

Der Jagdherr war von des Doktors „Husarenstück" so beeindruckt, daß er aus Küche und Keller üppig auftischen ließ. Zünftig wurde der Überläufer totgetrunken und der Doktor als „Krellschütze", „Leistungssportler" und „Saureiter" wieder kräftig gehänselt; aber die Anerkennung seiner schnellen Reaktion, seines furchtlosen und besonnenen Handelns überwogen an diesem Abend den gar nicht böse gemeinten Spott.

Die Büchse im Müll

Der Doktor Cäsar Knauf war ein großer Genießer vor dem Herrn und wollte vor allem auf seinen geliebten Weinbrand nicht verzichten, auch wenn das mitunter notwendig gewesen wäre. Einmal hätte er sich dadurch fast um den stärksten Bock seines Lebens gebracht und außerdem seine wertvolle Zielfernrohrbüchse verloren. Das kam so:

Sein Freund, der Rittergutsbesitzer Hendriks, hatte ihm einen A-Bock zum Abschuß freigegeben. Um möglichst sicher zum Erfolg zu kommen, sollte ihn der Gutsförster Kalk darauf führen. Die Blattzeit hatte ihren Höhepunkt überschritten, als die beiden Jäger den „Königsturm" bestiegen, einen zwischen drei Wetterfichten stehenden Hochsitz, von dem man das vorgelagerte Wiesental und eine sich nach links hinziehende Kulturfläche einsehen konnte. Diese freien Flächen waren von Buchenaltholz und zwei großen Nadelholzdickungen umgeben. Man hatte vom „Königsturm" nicht nur einen wundervollen Rundblick, sondern auch fast immer jagdlichen Anblick. So war es auch an diesem Sommerabend.

Die Jäger saßen noch keine halbe Stunde auf dem Hochsitz, als sich unten am Bach schon fünf Rehe tummelten: ein junger Bock, ein Schmalreh und eine Ricke mit ihren beiden Kitzen. Seinem Naturell entsprechend, tat der Doktor alles, was seine Augen aufnahmen, durch Worte kund. Schon sprudelte es aus ihm heraus:

„Donnerwetter, ein reicher Jagdgrund! Welch' elegante Sprünge die Kitze machen! Das Böckchen hat Zukunft, meinen Sie nicht? Das könnte . . ." „Sein S' ruhig, Doktor, sonst kommt nichts mehr raus!" mahnte Kalk. „Wahrhaftig!" erschrak der Medikus. „Ich bin ein undisziplinierter Jäger! Aber ein Zielwässerchen ist doch erlaubt?"

Auf das zustimmende Kopfnicken zog er eine lederumhüllte Flasche heraus, etwa vom doppelten Volumen der üblichen Jagdfläschchen, schraubte den Verschlußbecher ab, füllte ihn mit Weinbrand und reichte ihn dem Förster.

„Auf Ihr Wohl und Waidmannsheil!" sagte Kalk und ließ den Kognak genießerisch durch die Kehle rinnen.

„Waidmannsdank, mein Lieber! Tja, so ein Schlückchen tut gut!" Der Doktor füllte den Becher aufs neue und leerte ihn in einem Zug. Dann vertauschte er die Flasche sofort wieder mit dem Jagdglas und leuchtete den Wiesengrund und die Kulturfläche ab. Es dauerte nicht lange, bis er seine Beobachtungen erneut und lebhaft wiedergab:

„Da! Ein zweiter Bock! Älter – aber nichts Besonders. Als Abschußbock . . ."

„Sein S' ruhig, Doktor! Sonst kommt Ihr Bock nicht!"

„Wahrhaftig – was bin ich so nervös heut'! Brauche dringend einen Beruhigungsschluck." Er setzte sofort die Flasche an und tat einen beängstigend langen Zug.

„Trinken S' nicht so viel! Sonst verschwimmt Ihnen nachher das Fadenkreuz!" warnte Kalk.

„Verdammt – das tut gut! Nehmen Sie auch noch 'nen Schluck?" lautete die verblüffende Antwort.

„Danke! Später vielleicht. Nun aber absolute Ruhe, bitte!"

Der Doktor gehorchte – so gut er konnte. Zwar unterblieben seine lauten Bemerkungen; aber von absoluter Ruhe konnte keine Rede sein. Unruhig rutschte er hin und her, setzte das Glas ab, legte seinen Hut auf die Bank und tupfte die Stirn mit dem Taschentuch ab. Dann hatte er schon wieder das Glas vor den Augen – aber den starken Bock sah er nicht! Plötzlich ließ ihn ein Stoß in die Seite herumfahren. Kalk hatte sein Glas auf die Fichtenkultur gerichtet und flüsterte: „Er kommt! Fertigmachen!“

Der Gastjäger griff hastig nach der Büchse, legte sie auf die Brüstung und suchte durchs Zielfernrohr den Bock. Der hatte kurz gesichert, setzte sich nun in Bewegung und strebte der Wiese zu.

„Erst schießen, wenn er verhofft!“ sagte Kalk leise. Der Bock stand auf höchstens siebzig Gänge frei und breit wie eine Scheibe. Der Förster wartete jedoch vergeblich auf den Schuß. Er setzte sein Glas ab und sah, wie der Doktor erst jetzt den Sicherungsflügel in wilder Hast herumriß und erneut in Anschlag ging. Just in diesem Augenblick zog der Bock weiter. Der nervöse Schütze drückte noch ab; aber die Kugel verfehlte ihr Ziel. In langen Fluchten jagte der Bock ins Tal hinab; die anderen Rehe folgten ihm.

Der Sonntagsjäger fluchte gräßlich und sank hilflos in sich zusammen. Der Grünrock aber zündete sich in stoischer Ruhe die Pfeife an und stellte gelassen fest: „’s war nicht das Fadenkreuz, sondern die Sicherung! Steigen wir hinab!“

Doch der Unglücksschütze war dazu noch nicht in der Lage, und plötzlich hatte er wieder die Flasche in der Hand.

„Zum Trost – prost!“ sagte er zu sich selbst, trank gierig, reichte seinem Nachbarn den Weinbrand und fragte neubelebt: „Ist nun die Jagd für mich vorbei?“

„Für mindestens drei Tage. Kommen Sie am Freitag wieder. Aber lassen Sie die verdammte Flasche zu Hause!“

„Ungern, lieber Kalk, ungern! Jetzo aber bleibt kein Tropfen drin!“ Sie leerten die „verdammte Flasche“ bis zur Neige. Am Freitag bestiegen die beiden wieder den „Königsturm“. Der Doktor hatte die ominöse Flasche tatsächlich zu Hause gelassen und war viel ruhiger und konzentrierter. Er beobachtete nicht nur die Rehe im Wiesengrund, sondern leuchtete auch jeden Winkel der Fichtenkultur ab. Dennoch erhielt er wieder den Stoß in die Seite und den Befehl: „Fertigmachen! Und ’s Entsichern nicht vergessen!“

Der starke Bock hatte die Störung vom Dienstag wohl noch in Erinnerung; er kam wesentlich später und verhoffte lange am Dickungsrand. Dann aber schien er es sehr eilig zu haben, zur Wiese hinabzukommen.

„Bleiben S’ ganz ruhig, Doktor! Ich pfeif’ ihn an! Dann erst schießen S’, wenn er verhofft!“ flüsterte der Forstmann.

Als der Bock am Horizont vorbeitrollte, ließ ihn ein kurzer, scharfer Pfiff ruckartig verhoffen. Eine Sekunde höchster Spannung verstrich; dann zerriß ein peitschender Knall die Stille. Und diesmal traf die Kugel! Der Bock schnellte hoch, machte noch ein paar wilde Fluchten, knickte vorn ein, überschlug sich fast, schlegelte kurz und lag still.

„Soo war’s recht!“ lobte der Förster. „Waidmannsheil!“

Der Doktor war noch ein bißchen benommen von der Anspannung und mußte erst tief Luft holen, bevor er „Waidmannsdank!" sagen, die Büchse von der Brüstung nehmen und durchladen konnte. Er beobachtete den Bock noch eine Weile, sicherte dann die Waffe und gab urplötzlich einem heftigen Verlangen Ausdruck: „Oh, Bacchus!" stöhnte er. „Was gäbe ich jetzt für einen einzigen Tropfen aus deinem Überfluß!" „Nun, was geben Sie?" fragte Kalk und hielt ihm sein Jagdfläschchen hin.

„Sie sind in jeder Hinsicht ein Meisterführer, mein lieber Forstrat!" lobte der Doktor überschwenglich und füllte den Becher randvoll. „Ich trinke auf Ihre Kunst, einem armen Jägersmann die höchsten Freuden dieser Welt zu vermitteln. Waidmannsdank!"

„Wohl bekomm's!" antwortete lächend „der Forstrat".

Mit einem gedehnten „Aaaah!" drückte der Doktor sein Wohlbehagen aus. Nachdem auch der Förster einen guten Schluck „auf den blitzsauberen Schuß" genommen hatte, kletterten sie hinab.

Unversehens erhielt der Doktor einen immer größer werdenden Vorsprung und stand schließlich allein vor seiner Beute. Er bemerkte es gar nicht, zog den Filz vom Kopfe und verharrte so in stiller Versunkenheit. Als er sich endlich umdrehte, stand einige Meter hinter ihm der Förster und hatte einen kapitalen Fichtenbruch in der Hand. Den rötete er am Ausschuß und reichte ihn auf seinem Hut dem Schützen.

„Nochmals Waidmannsheil, lieber Doktor! Ich freue mich mit Ihnen!“

Sichtlich ergriffen dankte der Gast, steckte den Bruch an seinen Hut und gab dem Bock den letzten Bissen. Dann betrachtete er eingehend das edle Gehörn, ließ seine Finger über die starken Dachrosen, die knuffigen Perlenringe und über die langen Enden gleiten.

„Da haben Sie einen Ihrer Besten hergegeben!“ wandte er sich an Kalk. Als der eine abwehrende Geste machte, fügte er hinzu: „Nein, nein, Sie hätten mich ebenso auf einen ‚Gäste-A-Bock‘ zu Schuß bringen können!“

Er nahm seinen Nicker aus der Tasche und begann mit dem Aufbrechen. Die freundlich angebotene Hilfe lehnte er entschieden ab: „Das ist allein meine Sache! Ich brauche auch noch Übung, wissen Sie.“ Tatsächlich war seine Arbeit keine Meisterleistung; aber er brachte sie zu Ende und zuckte nur voller Selbstmitleid die Schultern, als er seine roten Rockärmel betrachtete. „Irgendwer wird sie schon reinigen, und beim nächsten Male ist es bestimmt nicht mehr so schlimm!“ argumentierte er.

Während der Bock auskühlte, leerten sie das angebrochene Fläschchen, rauchten, plauderten und genossen den schönen Sommerabend. Dann trugen sie den Bock zum Wagen und verstauten ihn im Kofferraum. Da der Gutsbesitzer verreist war, bestand kein Grund, zu ihm zu fahren. Deshalb steuerte der Doktor seinen Mercedes sogleich zur „Silbernen Tanne“, einer gepflegten Gaststätte, in die er des öfteren einzukehren pflegte.

„Zuerst zwei Asbach und zwei kühle Blonde, dann zwei großkalibrige Schnitzel mit den bekannten Schikanen des Hauses!“ bestellte Knauf in bester Stimmung. Die Getränke kamen sehr bald und wurden gleich noch zweimal nachbestellt. So begann der Abend ziemlich scharf und wurde nach dem Essen ebenso scharf fortgesetzt. Der Medikus befand sich in großartiger Laune. Sein Jägerlatein und seine galanten Witze waren so wirkungsvoll, daß die anwesenden Gäste schallend mitlachten. Und zwischendurch rief er dem Ober zu: „Zwei Asbach – zwei Blonde!“ Als Kalk ihn etwas bremsen wollte, tat er fast empört: „Aber, mein lieber Forstrat, dem Bock meines Lebens müssen wir doch die gebührende Ehre erweisen! Jetzt haben wir gerade erst die Rosen begossen!“

Als der Förster ihn fragte, ob er nicht ein Taxi für die Heimfahrt bestellen solle, wehrte er mit der einfachen Erklärung ab: „Keineswegs, Forstratchen! Ich trinke stets nur einen Kognak und ein Bier! Damit bleibe ich immer unter der zulässigen Promille-Grenze! Das ist mein Trick – ha, ha, ha, ho, ho.“
Gegen 22 Uhr hatte er seinen Trick vergessen und bestellte Sekt. Gegen 23 Uhr trank er mit dem „Forstratchen“ Brüderschaft. Gegen 24 Uhr bestellte er Kaffee, trank den mit großem Genuß, schluckte fast unbemerkt ein paar dunkle Körnchen und lud dann „Freund Erich“ zur Heimfahrt ein.

Es ging wieder einmal alles gut. Der Förster wurde – abgesehen von einer beachtlichen Schlagseite – wohlbehalten im Forsthaus abgeliefert.

Unbehelligt erreichte Cäser Knauf auch sein Haus, lehnte zunächst die Büchse zwischen zwei Mülltonnen gegen den Zaun des Vorgartens, holte dann den Bock aus dem Kofferraum, fuhr den Wagen in die Garage und kehrte zu den abgelegten Sachen zurück. Da tauchte die leicht schwankende Gestalt des benachbarten Kollegen Gering auf, den der Stammtisch so lange festgehalten hatte. Es gab eine sehr lebhafte Begrüßung und Befragung und dann eine überschwengliche Gratulation zu dem „sagenhaften" Bock. „Du kommst im richtigen Augenblick! Kannst mir gleich helfen, ihn in den Keller zu tragen."

Sie trugen den Bock hinab. Bald hing er fein luftig an einem der Haken, die in das Deckengewölbe eingemauert waren. Und da der Schütze meinte, daß solch' schwere Nachtarbeit belohnt werden müsse, auch keineswegs feststünde, daß bereits alle Enden begossen seien, angelte er zwei Flaschen Mosel aus dem Regal, öffnete sie mit dem Korkenzieher seines Nickers und reichte eine seinem Kollegen.

„Gläser habe ich hier unten nicht – prosit!"

„Waidmannsheil sagt man – hick – doch, nicht wahr?"

Sie tranken den Mosel aus den Flaschen. Er schmeckte ihnen so gut, daß der Gastgeber nochmals angelte. Zwar ward mit dem letzten Schluck auch das letzte Ende begossen – aber an seine Büchse dachte Cäsar Knauf danach nicht mehr! Die stand bis zum hellen Morgen friedlich zwischen den Mülltonnen; niemand fand, niemand beachtete sie. Sie wurde nicht einmal feucht; es fiel weder Tau noch Regen.

Aber dann drohte ihr doch Gefahr! Durch die Müllfahrer nämlich, die ihre morgendliche Tour machten. Als sie die erste Tonne von ihrem Standplatz wegdrehten, bemerkte ein Mann die Waffe.

„Sieh mal, Karl, det is doch 'n' Gewehr!? Wie kommt det hierher?“ fragte er erstaunt seinen Kumpel.

„Wird sicher nuscht mehr taugen, det Ding. Soll'n wir wohl wegräumen“, lautete die Antwort.

„Sieht aber noch gut erhalten aus, nich? Sogar 'n Zielfernrohr is drauf!“

„Hat nuscht zu sagen! Du weeßt ja, wat heutzutage alles in'n Müll gekippt wird. Schmeiß die Knarre uf'n Wagen, wir müssen weiter!“ Wahrscheinlich wäre die wertvolle Büchse tatsächlich in den Müll gewandert, wenn nicht just in diesem Augenblick die Putzfrau des Doktor-Ehepaares erschienen wäre. Sie erkannte die Waffe und die ganze Situation sofort.

„Halt, Sie da, halt! Sie sind wohl von allen juten Jeistern verlassen? Dem Herrn Doktor sein Jewehr! Das hat er bloß rausgestellt, weil er jleich auf die Jagd will!“

Damit nahm sie die Büchse an sich, ging rasch ins Haus und legte die Waffe über den Schreibtischsessel, wie's auch der Doktor zu tun pflegte, wenn sie noch geputzt werden mußte.

So blieb der Sonntagsjäger wieder einmal vor allen unangenehmen Folgen, vor Schaden und Spott, sogar vor der Gardinenpredigt seiner Lebensgefährtin bewahrt, die nach solchen gefährlichen Jagdtouren zu mahnen pflegte: „Cäsar, einmal wird dich dein Schutzengel doch im Stich lassen! Höre endlich auf deine Frau!"

Tage später erst erfuhr der Doktor, daß seiner Büchse der Mülltod gedroht hatte und wer in diesem Falle der „Schutzengel" gewesen war.

Bepi stiftet Unruhe

Der Graf von Dornbusch hatte zur sogenannten Exklusivjagd im kleinen Kreise eingeladen. Dazu gehörten auch zwei Jägerinnen, Diana und Flora genannt, sowie der Doktor Cäsar Knauf, der dem Grafen durch die nächtliche Blitzbehandlung einer gefährlichen Blutvergiftung wahrscheinlich einmal das Leben gerettet hatte. Die übrigen acht Jäger gehörten zum engen Freundeskreis des Jagdherrn.

Gegen neun Uhr eines schönen Oktobertages traf die Jagdgesellschaft im „Dorfkrug zum Rebstock" ein. Traditionsgemäß begann dieser Tag mit einem kleinen Frühstück und den „dazugehörigen Zielwässerchen", wie der Graf zu sagen pflegte. Es herrschte alsbald eine fröhliche Stimmung. Hänseleien, die jedoch niemand übel nahm, flogen hin und her. Jägerlatein und Witze wechselten miteinander ab. Der Doktor prostete charmant den Damen zu, die ihm lächelnd dankten und ihre Gläser in einem Zuge leerten. Nach einer kurzen, recht launigen Ansprache des Jagdherrn ging's dann hinaus in das weite, wildreiche Revier.

Der Jagdablauf war Routinesache. Zwei bestens bewährte Jagdarten wurden angewandt. Man bildete kleine Kessel, wenn die Raps-, Rüben-, Mais- und Kartoffelschläge dran waren, und im übrigen wurde die Streife mit vorgezogenen Flügeln durchgeführt. Treiber waren nicht erforderlich, denn vier erstklassige, aufeinander eingespielte Vorstehhunde leisteten die Hauptarbeit. Sie zeigten im Vorstehen, Nachziehen und Bringen des erlegten Wildes geradezu begeisternde Leistungen. Der Doktor hatte seinen Jagdterrier Bepi zwar auch mitgebracht; aber der wäre besser zu Hause geblieben. Rechten Gehorsam hatte er nie kennengelernt, hätte die anderen Hunde nur gestört und mußte deshalb an der Leine bleiben.

Als einziger nahm der Doktor seinen Mercedes und jeweils drei Schützen mit, um sie zu den weitest entfernten Ständen zu bringen. Zur Aufnahme des erlegten Wildes folgte ein Kombiwagen, und der Beifahrer hatte alle Hände voll zu tun, um die Hasen, Hühner und anderen Wildarten einzusammeln. Die Strecke wuchs zusehends an, denn es wurde ganz hervorragend geschossen. Die einzige Ausnahme bildetete natürlich wieder der Doktor Cäsar Knauf. Er war ja bekannt als schwacher Flintenschütze, und außerdem verriß ihm sein schußhitziger Terrier auch noch die gut angesetzten Schüsse.

Der Medizinmann und sein Hundchen avancierten denn auch zu den „Helden des Tages“ – nicht gerade im positiven Sinne, auch wenn der großzügige und humorvolle Jagdherr später diese Titulierung gebrauchte und von einer außerordentlich „amüsanten Belebung“ der Jagd sprach.

Es geschah auf einer Streife, die entlang von Tümpeln und Gräben durch die dazwischenliegenden Bruch- und Schilfpartien führte. Auf der linken Seite eines breiten Grabens arbeitete sich der Doktor vor, umtanzt von seinem unruhigen Terrier; rechts stakste Diana durch das feuchte Gelände. Rund siebzig Meter trennten die beiden.

Ein Erpel löste sich vom Uferrand, strich zwischen dem Schützen und der Schützin nach rückwärts ab. Der Doktor ging in Anschlag und zog in gefährlicher Weise mit.

„Vorsicht, Cäsar!“ rief Diana noch und drehte und bückte sich geistesgegenwärtig – ief, ief, ief, jauchzte der Terrier und zerrte an der Leine – domm! sang die Browning – Wasser spritzte hoch –

„Aua-aua!“ klagte Diana, ließ die Flinte fallen, schnellte in die Höhe, drückte beide Hände auf ihren Spiegel und schrie: „Ich bin getroffen, Cäsar – oooh, oooh!“

Reichlich verwirrt rief der Unglücksschütze hinüber: „Wo denn, wo?“

„Am Popo, du Idiot!“ kam prompt die Antwort.

„Gottseidank!“ murmelte erleichtert der Medizinmann und schrie: „Ich komme gleich! Mach dich schon frei!“

Blitzschnell legte er Waffe, Leine, Rock und Hut ab, gab seinem aufjaulenden Hund einen kräftigen Tritt und rannte in einem Tempo, das ihm niemand zugetraut hätte, zu seinem Wagen, raste staubaufwirbelnd den Feldweg hinauf bis zur nächsten Brücke und auf der anderen Seite fontänenschleudernd den Bruchweg hinunter bis in die Nähe der Unglücksstelle.

Dort bemühten sich inzwischen schon die Nachbarschützen liebevoll um die Verletzte. Der dicke Brauereibesitzer Warnke setzte sich in aller Ruhe auf seinen Jagdstuhl und sagte: „So, nun gebt mir mal das Mädchen her.“ Behutsam wurde das Mädchen über seine Knie gelegt und an den Schultern gestützt.

Flora, die jetzt auch hinzukam, schrie und lachte gleichzeitig, als sie den Schaden sah. Ein witziges Schicksal hatte zwei Schrotkörnchen so gelenkt, daß die hautenge Keilhose fast punktgenau auf der rechten und linken Rundung durchstanzt war. Die übrigen Schrote hatten glücklicherweise dieses delikate Ziel verfehlt. Flora befreite den malträtierten Körperteil von Hose und Unterwäsche, und die Verletzung wurde sichtbar. Die beiden Körnchen steckten nur zur Hälfte in der braven Polsterung des Gesäßes, und die Umgebung der Einschußstellen war ein bißchen blutverschmiert.

„Platz da!“ schrie der heranstürmende Doktor und stand im nächsten Augenblick schweratmend vor seinem Opfer, warf einen Blick auf den verzierten Frauenpopo und brummelte abermals: „Gottseidank-seidank!“

Mit flinken Händen entnahm er dann seiner Tasche ein kleines Fläschchen, etwas Watte und eine Pinzette, tupfte die Schadstellen fein säuberlich ab und holte die beiden Kügelchen mit eleganten Bewegungen heraus. Die Patientin hatte bis dahin keinen Laut von sich gegegen.

„So, mein tapferes Engelchen, jetzt presse noch einmal die schönen Backen zusammen, dann hast du's überstanden!“ lobte und prophezeite der Mediziner. Ebenso rasch wie zuvor handhabte er ein zweites Fläschchen, und zwei bräunliche Flecken zierten die rosige Haut. „Verdammtjuchhee!“ stöhnte das Engelchen und sank erschöpft zusammen.

„Schon gut, schon gut!“ tröstete der Medikus und verdeckte mit zwei Pflästerchen die häßlichen Flecke. „Helft ihr in die Hosen, liebe Leute! Die Operation ist beendet.“

Während Flora der also Versorgten beim Ankleiden behilflich war und man sich über die beiden weißen Punkte in der dunklen Hose amüsierte, öffnete der Doktor ein drittes, aber wesentlich größeres Fläschchen und reichte es der noch etwas benommenen Diana. „Komm, du hast eine Stärkung verdient! Und dann bringe ich dich nach Hause.“ Die Reaktion der Angeredeten war verblüffend. Plötzlich sehr munter, riß sie die Flasche mit einem heftigen Ruck an sich und sagte empört: „Du bist verrückt, mein Schatz! Jetzt geht es erst richtig los bei mir!“ – und tat einen beängstigend langen Zug. Die Umstehenden brachen in großen Jubel aus. Auch der überraschte Medikus fiel mit dröhnendem Lachen ein und – ief, ief, ief – jauchzte auch der nachgeschlichene Terrier, als er Herrchen wieder bei so guter Laune sah.

Die heitere Stimmung wurde auch dadurch nicht getrübt, daß der schwere Mercedes nicht die Rückfahrt antreten wollte. Man ließ den Wagen stehen, nahm die alten Abstände ein und setzte die Streife fort. Der Fahrer des Wildwagens wurde beauftragt, einen Trecker zu besorgen und den Mercedes aus dem Bruch herauszuziehen.

Ohne den Doktor, der seine abgelegten Sachen holen mußte, wurde noch ein kleines Waldstück getrieben und anschließend um ein mächtiges Feuer das zweite Frühstück eingenommen. Auf einer beinahe festlichen Tafel standen große Platten mit Wurst-, Schinken- und Käsebroten, Schüsseln mit Salaten und Obst. Auf einem Nebentisch waren diverse Getränke und Tabakwaren bereitgestellt. Man ließ sich Zeit für den lukullischen Genuß, aß, trank, rauchte, plauderte in aller Ruhe.

Der Doktor und die neben ihm auf einem Kissen sitzende Diana waren zahllosen Sticheleien ausgesetzt, ertrugen diese aber nicht nur mit großer Gelassenheit, sondern nahmen sich mit pfiffigen Antworten selbst auf den Arm. Lachen und Scherzen mischten sich in das Prasseln des

Feuers und wurden nur durch das Signal „Aufbruch zur Jagd“ übertönt. Willig und frohgestimmt folgte man ihm. Der Doktor konnte wieder seinen geborgenen und fahrbereiten Wagen besteigen.

Er und sein Terrier waren es, die alsbald einen zweiten denkwürdigen „Jagdunfall“ an diesem Tag verursachten. Ein Kesseltreiben stand als erstes auf dem Nachmittagsprogramm. Wie üblich, setzte der Doktor einige Schützen auf den entferntesten Ständen ab und hielt mit seinem Wagen auf dem Kanaldamm, der das große Rübenfeld begrenzte. Nach dem Laden und Sichern der Browning hatte er noch ein bißchen Zeit und glaubte sie für einen dringenden Zweck nutzen zu dürfen. – Das hing mit dem reichlich genossenen Bier zusammem. – Er lehnte die Waffe gegen das Auto und trat ein paar Schritte weiter an eine Pappel heran.

Nun wäre auch alles normal verlaufen, wenn er den Terrier im Wagen gelassen oder angebunden hätte. Der also frei und gelangweilt auf dem Damm herumschnuppernde Bepi mochte wohl einen Vogel entdeckt haben, sauste plötzlich los und stieß dabei gegen den Schaft der abgestellten Browningflinte. Ein Poltern, ein dröhnender Knall, ein Aufjaulen des Hundes und ein scharfes Zischen störten den Medizinmann ganz erheblich in seiner Verrichtung. Herumfahrend bemerkte er zunächst nur das Zusammensakken eines Hinterrades an seinem Mercedes. Hastig stellte er die notwendigste Ordnung an sich her, suchte nach Hund und Flinte – aber beide waren verschwunden. Daß der Bepi weg war, leuchtete ihm noch ein: der konnte schließlich laufen. Aber die Waffe? Die konnte der Terrier doch nicht mitgenommen haben.

Inzwischen war der Kessel angegangen. Überall knallte es lustig; nur der Doktor Cäsar Knauf ließ aus unerfindlichen Gründen die Fasanenhähne und Hühner unbeschossen über den Kanal streichen. Als er bis zum Ende des Treibens auf dem Kanaldamm blieb, steuerte die Korona auf ihn zu. Zunächst begriff man gar nicht, was da passiert war.

„Junge, Junge, das ist 'n Ding!" stöhnte der Sonntagsjäger. „Reifen kaputt – Hund weg – Flinte weg!"

Erst nach und nach konnte sich die Gesellschaft ein Bild von dem Geschehen machen. Der flache Reifen verdeutlichte und bestätigte die Wortbrocken des ratlosen Jägers. Auch die bestens bekannte Browningflinte und der Terrier waren weg. Man sah sich um und begann zu suchen. Der Sohn des Jagdherrn hatte die besten Augen. Er entdeckte auf der Fahrbahn des Dammes eine Schleifspur, folgte ihr bis zur Dammböschung und dort, wo sie deutlicher zu sehen war, hinab bis zum Wasser. Da ragte wahrhaftig ein Stückchen Rohr heraus, gerade noch lang genug, daß man es fassen konnte.

Als der Finder seine Beute herauszog, jauchzte man oben vor Vergnügen. Nach einem Augenblick maßloser Verwunderung lachte auch der Medikus sein schon bekanntes dröhnendes Lachen, und – wie konnte es anders sein – bellte plötzlich der unbemerkt aufgetauchte Bepi sein fröhliches Ief, ief, ief. Er fühlte mit sicherem Instinkt, daß jegliche Gefahr vorüber war.

Man rekonstruierte nun den etwas ungewöhnlichen Jagdunfall so, daß der Hund die Flinte umgerissen, die Sicherung den harten Aufprall nicht ausgehalten und der Rückstoß die Waffe über den Seitenstreifen des Dammes und die Böschung hinab ins Wasser befördert hatte. Man machte noch ein paar witzige Bemerkungen über die „überhitzte und Kühlung suchende Flinte“ und den „ebenfalls übermüdeten Mercedes“ – und die Jagd wurde munter fortgesetzt. Die Besatzung des Kombiwagens nahm den Reifenwechsel vor und brachte beide Fahrzeuge nach.

Die letzte Streife und ein kleines Kesseltreiben verliefen ohne weitere Zwischenfälle. Der Doktor ließ seinen Hund für den Rest der Jagd im Wagen. Und siehe da: Befreit von dem argen Unruhestifter, traf er sogar noch einen Gockel, was bei den Nachbarschützen einen Beifallssturm auslöste. Bei dem abendlichen „kleinen Jägerschmaus“ waren die Eskapaden des Cäsar Knauf und seines Terriers der Anlaß für zahlreiche Spötteleien und für sprühende Heiterkeit. Aber der Medikus ließ sich nicht im geringsten erschüttern, sondern lachte – natürlich dröhnend – mit und kostete im übrigen alle Genüsse des Abends voll aus. Als er mit Diana einen schmissigen Tango tanzte, strich er einmal liebevoll an ihrer Rückseite hinunter und fragte besorgt: „Hat mein Engelchen noch arge Beschwerden von meiner Patzerei?“ „Gottseidank nicht!“ antwortete Diana. „Aber das nächste Mal nimm doch lieber die Flora aufs Schrot-Korn!“

Die resolute Gräfin

Die Gräfin jagt fast wie Diana

Tanzen, Reiten und Jagen bildeten die Lieblingsbeschäftigungen der Gräfin von Hohenstein; aber das Jagen war ihre größte Leidenschaft. Das Rittergut bot ihr die Gelegenheit dazu in Hülle und Fülle. In den ausgedehnten Waldungen waren Rot-, Dam-, Reh- und Schwarzwild heimisch; die riesige Feldmark mit ihren abwechslungsreichen Nutzungsformen bot Raum für alle Niederwildarten, so daß die Gräfin ihrer Jagdpassion nach Herzenslust frönen durfte. In eng anliegender Lederjacke und -hose, ausgerüstet mit eleganter Bockbüchsflinte und leichtem Jagdglas, begleitet von ihrem kapitalen Deutsch-Drahthaarrüden Gero, war sie mehr im Freien denn im Gutshaus anzutreffen. Selbst in der Schonzeit streifte sie gern durch Wald und Feld, wobei ihr Augenmerk vor allem dem Raubzeug und Raubwild galt.

Auf ihren Jagdgängen suchte sie fast immer zwei Lieblingsplätze auf, an denen sie gerne längere Zeit verweilte. In der Feldmark war es der „Vogelskopf“, eine strauchbewachsene Anhöhe mit kleinem Aussichtsturm, von dem man kilometerweit die Umgebung übersehen konnte. Von hier aus hatte die Gräfin schon manch' interessanten Anblick gehabt; von hier aus war sie auch zu manch' unverhofftem Jagderfolg gekommen.

Im Forst war es der kleine Waldsee, in einer Felspartie gelegen, wo sie auf erhöhtem Uferrand ein ideales Plätzchen gefunden hatte, von dem aus sie die umliegenden Eichen- und Kiefernbestände einsehen, sich selbst aber verborgen halten konnte. Zur Sommerszeit richtete sie es meistens so ein, daß ihr Spazier- und Jagdgang sie dort vorbeiführte. Und je nach Witterung machte sie kürzere oder längere Rast, setzte sich auf einen bemoosten Steinblock oder legte sich ins Gras, um entweder nur zu träumen oder auch intensiv zu beobachten. Wenn es besonders warm war, zog sie sich auch aus, um im See zu schwimmen und danach ein Sonnenbad zu nehmen.

So ein heißer Sonnentag war es, an dem die Gräfin frühzeitig das Gutshaus verließ, um zuerst zu baden, anschließend einen Pirschgang zu machen und zuletzt bis zum Schwinden des Büchsenlichtes noch anzusitzen. Lediglich drei Böcke waren bisher geschossen worden; im übrigen mußte noch der volle Abschußplan erfüllt werden. Gero war mit von der Partie. Sie hatte den Rüden selbst zu einem erstklassigen Jagdhund herangebildet, der nicht nur überdurchschnittliche Leistungen in der Jagdpraxis vollbrachte, sondern zu seinem Frauchen in einem ganz außergewöhnlichen Anhänglichkeitsverhältnis stand.

„Er hat fast etwas Menschliches an sich!" pflegte die Gräfin zu sagen.

Eine ganz besondere jagdliche Leistung vollbrachte Gero dadurch, daß er seinem Frauchen heran- oder vorbeiwechselndes Wild anzeigte, wenn es in die „falsche" Richtung blickte oder – was gelegentlich auch mal vorkam – ein Nickerchen machte. Dann erhielt die Jägerin einen Stups – wenn nötig, auch einen kräftigeren zweiten – gegen Unter- oder Oberschenkel. Das sollte an diesem Tage eine besondere Bedeutung erlangen.

Für den Aufenthalt am See benötigte die Gräfin weder einen Badeanzug noch „sonstigen Krimskrams", wie sie es nannte. Nur selten verirrte sich ein Mensch hierher, und jeder überflüssige Ballast war ihr zuwider. Rasch legte sie die Kleidung ab. Der See lockte mit seinem klaren, erfrischenden Naß, und sie sehnte sich schon sehr nach Abkühlung. Arme und Brust rieb sie mit dem kalten Wasser ab und ließ sich dann von einer vorspringenden Felsklippe in den See fallen. Hochauf spritzte das Wasser. Mit mächtigem Satz folgte ihr der Hund nach. Sie schwammen zweimal zum jenseitigen Ufer und zurück. Gero hätte die Tour sicherlich noch mehrmals gemacht; mit lautem Hals gab er einer Freude Ausdruck. Aber der Gräfin reichte es; der See blieb auch im Sommer recht kalt.

Schwer atmend stieg sie aus dem Wasser, fühlte es auf der Haut prickeln und brennen. Langsam begab sie sich zu ihrem Liegeplatz, benutzte die Kleidungsstücke als Unterlage und streckte sich darauf aus. Nach dem kühlen Bad empfand sie die warme Sonne doppelt angenehm. Sie schaute ins Kronendach des mächtigen Stammes hinein, an ihm vorbei zum Himmel hinauf, verfolgte den Lauf zweier Federwölkchen, die wie verloren durch das endlose Blau dahinsegelten. Und unmerklich fielen ihre Augenlider zu.

Sie wurde wieder geweckt durch einen feuchten Stups gegen den Oberschenkel. Sie setzte sich auf, sah zum Wasser hinunter und war eine Sekunde starr vor Staunen.

„Mein Gott, ich träume doch nicht!“ murmelte sie. „Da unten badet wahrhaftig ein Hirsch!“

In all den vergangenen Jahren war noch nie ein Stück Rotwild am oder im See zu sehen gewesen. Mit einer Drehung am Boden erreichte sie das abgelegte Glas und hatte den seltenen Gast sogleich groß im Blickfeld. Gerade erhob er sich und schüttelte das Wasser aus der Decke. Ein ungerader Eissprossenzehner war's, bestimmt nicht mehr jung, achter bis neunter Kopf vielleicht, ziemlich eng gestellt, aber klobige Stangen mit spitzauslaufenden Enden. Ein einwandfreier Abschußhirsch, der ihr noch nie begegnet war. Langes Wägen und Zaudern liebte die Gräfin nicht. Rasch vertauschte sie das Glas mit der Waffe, entsicherte sie und ging kniend in Anschlag. Es war höchste Zeit. Der Hirsch hatte sich noch einmal geschüttelt und setzte gerade zum Weiterziehen an. Im Knall sackte er zwar zusammen, kam aber sofort wieder auf die Läufe und flüchtete schwerfällig, vorn immer wieder einknickend, in den angrenzenden Kiefernbestand hinein.

„Faß, Gero!“ rief die Gräfin, raffte sich auf, lud nach, sicherte und lief, so wie sie war, dem davonjagenden

Hunde nach. – Die alten Bäume hatten ein solches Bild noch nicht gesehen: ein dahineilendes nacktes Weib, aber mit einer Waffe in der Hand! Trotz des schnellen Laufes achtete sie nur auf den Hundelaut. Und jetzt – gottlob! – jetzt ging der Hetzlaut in Standlaut über. Erleichtert drosselte sie das Tempo ein wenig – es war alles so plötzlich und schnell gegangen.

Mit fliegenden Lungen kam sie in die Nähe des Platzes, wo Gero den Hirsch verbellte. Sie sah, wie der Geweihte den Hund mit tiefem Haupt abwehrte, sich aber kaum von der Stelle rührte. Etwa vierzig Gänge mochte es bis zu den beiden sein. Unbemerkt von ihnen lehnte sie sich einige Sekunden lang gegen einen Stamm, atmete tief durch, zwang sich zur Ruhe. Dann strich sie an, entsicherte und hielt auf das Blatt des jetzt breit stehenden Hirsches. Im Feuer brach er zusammen; aufjauchzend fuhr Gero dem Schlegelnden an die Drossel.

Erst als die Gräfin an die beiden herantrat, wurde sie sich ihres ungewöhnlichen „Jagdanzuges" bewußt. ‚Wie Goujons Diana!' ging es ihr durch den Sinn. ‚Nur mit dem Unterschied, daß der Meister seiner Göttin noch den klassischen Bogen in die Hand meißelte! Es ist gar nicht so abwegig, was die Phantasie der Künstler hervorbringt.'

Lächelnd ließ sie sich neben dem verendeten Hirsch nieder und streichelte Gero, der sein Mütchen an der Beute gekühlt hatte und nun Frauchens Liebkosung dem weiteren Würgen und Zausen vorzog.

Zur gleichen Zeit stapfte der Forstwart des Gutes zum abendlichen Ansitz hinaus. Sein Weg führte ihn, nur knapp zweihundert Meter entfernt, oberhalb am Waldsee vorbei. Als der erste Schuß fiel, fragte er sich, worauf die Gräfin – er wußte, daß sie zum See gegangen war – so frühzeitig geschossen haben könnte. Dann hörte er den Hetz- und Standlaut des Hundes und bald darauf den zweiten Schuß, gleich unterhalb des Kiefernjungsholzstreifens, der sich entlang des Weges hinzog. Das alles war typisch für einen Fangschuß; da konnte er der Gräfin gleich beim Aufbrechen und Versorgen des Wildes behilflich sein. Er eilte durch den Jungbestand hinunter und wäre vor Schreck beinahe gestürzt. Drei Meter vor ihm lag, saßen der Hirsch, der Hund und die splitternackte Gräfin. Sie starrten einander an – sekundenlag schweigend –, der Forstwart mit weit geöffnetem Mund.

Die Gräfin hatte sich zuerst gefangen. Sie lachte schallend und sagte: „Ja, mein lieber Wichmann, das hätten Sie sich nicht träumen lassen, so unmittelbar vor der nackten Diana zu stehen! Aber in ihrem Alter wird Sie das ja nicht mehr umwerfen. Ich lasse Sie jetzt mit dem Hirsch allein und erzähle die Geschichte später ausführlich. Meine Kleider liegen am See; von dort hole ich gleich den Wagen."

„Jawoll – Gräfin –"

Der Forstwart stand noch immer wie gelähmt und sah der davoneilenden Gestalt wie einer Erscheinung aus einer anderen Welt nach. Die Gräfin fühlte das wohl, drehte sich um und rief lachend: „Wenn Sie noch lange so stehn,

verhitzt der Hirsch!“ Erschrocken drehte sich der Grünrock um, hörte noch ein helles Kichern und machte sich, reichlich verstört, an die rote Arbeit. Es ist nur noch zu erwähnen, daß die Gräfin beim abendlichen Jagdschmaus und dem Tottrinken des Hirsches, an dem auch der Forstmann teilnahm, in humorvoller Weise berichtete, was sich am späten Nachmittag am See zugetragen hatte. Man lachte und amüsierte sich ganz besonders, als sie das verstörte Gesicht und den offenen Mund des Forstwartes schilderte.

„Nichts für ungut, mein lieber Wichmann, eine nackte Gräfin auf der Jagd sieht man wahrhaftig nicht alle Tage! Prosit, mein Guter!“

„Prost, Gräfin! Solch kapital-feinen Anblick hatte ich wirklich noch auf keiner Jagd!“

Die Gesellschaft klatschte dem galanten und schlagfertigen Forstmann Beifall und trank ihm ausgiebig zu.

Die lädierte Jagdkönigin

Graf von Hohenstein hatte zur großen Hubertusjagd eingeladen. Für die Jäger der näheren und weiteren Umgebung bildete sie den jagdlichen und gesellschaftlichen Höhepunkt der Saison, denn in keinem anderen Revier weitum gab es so viel Wild und war die Strecke so bunt, wie in der Feld- und Waldmark des Rittergutes.

Diese Hubertusjagd lief wie immer in zwei Phasen ab: Am Vormittag wurde ausschließlich auf Niederwild, am Nachmittag auf Hochwild gejagt. Die Schützen konnten sich entweder mit einer kombinierten Waffe oder mit Flinte für die erste und mit Büchse für die zweite Tageshälfte ausrüsten. Die Treiberwehr bestand aus dem männlichen Dienstpersonal des Gutes. Den Kern bildeten die Waldarbeiter, die, gleichmäßig in der Treiberkette verteilt, für die Einhaltung der Richtung und Abstände sorgten.

Der Jagdtag begann mit einer Riesenüberraschung. Hatte der Nebelung am Vortag mit Wind und Nebel seinem Namen noch alle Ehre gemacht, so war die Temperatur über Nacht auf null Grad zurückgegangen. Der erste Schnee hatte die bis dahin grau-grünen Fluren mit einer blütenweißen Decke überzogen, die nun im Sonnenschein blitzte und funkelte. Dementsprechend war auch die Stimmung der Jagdgesellschaft ganz ausgezeichnet.

Nach festgelegtem Plan wurden zunächst die riesigen Feldkessel getrieben. Zwei von Treckern gezogene Kastenwagen brachten Schützen und Treiber zu ihren Ausgangspositionen. Wenn der Kreis geschlossen war, standen sie sich „gleich schwarzen Pünktchen am Horizonte" gegenüber, wie der Baron von Hofeditz zu sagen pflegte. Der Graf wurde bei der Durchführung der Jagd von seinem Verwalter Vorneweg unterstützt, der auch das erlegte Wild registrierte. Beide hatten ihre Autos mitgenommen und waren besonders beweglich.

Gleich nach dem Anblasen knallte es lustig im weiten Rund. Diese Felder waren noch völlig unbejagt, und die Hasen saßen bei dem dünnen Neuschnee locker in ihren Sassen. Auch Hühner und Fasanen kamen überall vor und machten die Strecke bunt.

Die Gräfin befand sich an diesem Tage in blendender Form. Ohnehin als hervorragende Schützin bekannt, hatte sie kaum einen Fehlschuß zu verzeichnen, und wiederholt gelangen ihr Dubletten. Auch ein Fuchs, der sich still und heimlich davonstehlen wollte, sackte im Knall ihrer Doppelflinte zusammen.

Als letztes Treiben vor dem Frühstück wurde das „Kanincheneldorado“ genommen, ein teils felsiger, teils sandiger, etwa 500 Meter langer und 150 bis 200 Meter breiter Hang zwischen Feld und Wald. Er war mit Horsten von kümmernden Fichten und Kusselkiefern, mit Wacholderbüschen, Dörnern, Sträuchern, mit Gras und Unkräutern wirr bewachsen.

Er galt schon immer als schwierigstes Treiben, doch seine Bejagung wurde an diesem Tag durch den langsam tauenden Schnee besonders erschwert.

An jedem Ende des Hanges stand eine Schützen-Treiber-Kette, an den Flanken waren je vier Flügelschützen vorgezogen. Nach dem Anblasen bewegten sich diese U-Formationen aufeinander zu, trafen etwa in der Mitte zusammen und gingen „kämmend“ aneinander vorbei. Diese Jagdart, das sogenannte Kämmen, beunruhigte die Kaninchen mit besonders lautem Treiberlärm so sehr, daß sie verwirrt nach allen Seiten flüchteten. Es knallte fast ununterbrochen vom Anfang bis zum Ende des Treibens.

Die Gräfin, die sich das ganze Winterhalbjahr über fleißig an der Kurzhaltung der Karnickel beteiligte und dadurch große Übung hatte, schoß auch in diesem Treiben ganz hervorragend. Kaum einer der kleinen Flitzer entging ihrem schnell und sicher hingeworfenen Schrothagel. Doch das Vergnügen hielt nicht bis zum Ende an. Im letzten Viertel des ziemlich steilen Hanges passierte das Malheur: Als ein Kanin zwischen ihr und dem nächsten Treiber nach hinten flüchtete und sie sich drehte, um nachzuschwingen, glitt sie auf dem glatten Boden aus, schlug ziemlich hart auf und rutschte haltlos den Hang hinab. Um niemand zu gefährden, hielt sie die Flinte mit beiden Händen hoch und spürte nur noch einen ziehenden Schmerz an Oberschenkel und Gesäß.

Kurz vor dem erschreckten Melker Raude fand die Talfahrt durch eine hemmende Krüppelkiefer ihr Ende. Der Dienstmann sprang hinzu und half der Gräfin auf die Beine. „Verdammte Fallhexe!“ schimpfte sie, entlud die Flinte und tastete ihre Rückseite ab.

„Um Jottes willen, Jnädichste! Sie bluten ja!“ rief auch schon der Melker, der die gerötete und aufgeschlitzte Hose bemerkt hatte. „Kein Aufsehen erregen, Raude! Ist sicher nur ein Kratzer! Sagen Sie dem Grafen, daß ich in den Schneematsch gefallen bin, mich umziehen muß und nach dem Frühstück wieder da sein werde. Ja, und schicken Sie Herrn Vorneweg sofort zu mir. Ich warte unten am Weg."

Während der Melker eilig davonhastete, stieg sie den Hang hinab und säuberte sich ein wenig. Noch vor dem Abblasen kam der Verwalter angebraust.

„Was ist los, Gräfin? Der Raude mauschelte etwas von Verletzung und sehr eilig!?" Statt einer Antwort drehte sie sich nur um. Vorneweg schlug die Hände über dem Kopf zusammen und wollte etwas sagen. Aber die Gräfin kam ihm zuvor: „Rasch zum Gut! Ich brauche frische Wäsche und eine neue Hose. Dann zu Dr. Heinze – Tetanus."

Der Verwalter riß die Autotür auf, nahm seinen Lodenmantel heraus, half der Gräfin zuerst in diesen und dann in den Wagen hinein, schwang sich auf den Fahrersitz und jagte los. Nach zehn Minuten erreichten sie das Gut, ließen sich von der Mamsell die Kleidungsstücke geben, und weiter ging's in schneller Fahrt zum Arzt.

Dr. Heinze, der gerade seinen letzten Patienten entließ, begrüßte die Gutsherrin: „Hallo, verehrte Gräfin! Sie kommen zu mir? Und ich wollte mich soeben für Ihre Waldjagd fertigmachen."

„Sollen Sie auch, sollen Sie auch, mein lieber Heinze! Sie müssen zuvor nur noch schnell meinen lädierten Po verarzten!"

„Ach, du lieber Himmel!" staunte der Arzt, als er ihr den Mantel abgenommen hatte. „Die feine Hose!" „Was drunter ist, dürfte wichtiger sein!" lachte die Gräfin und legte die Beinkleider ab.

„Die blöde Fallhexe ließ mich ausgleiten und legte mir noch einen spitzen Stein auf die Rutschbahn."

„O la la, das ist ja ein wunderschöner roter Strich. Glücklicherweise ist die Haut nur leicht geritzt. Das kriegen wir schon wieder hin! Bitte, hinlegen und Zähne zusammenbeißen!"

Er reinigte die lange Rißwunde, fuhr mit dem Jodpinsel darüber und stieß auf der anderen Seite die Spritze in die rosige Haut. Während der ganzen Prozedur hatte die Gräfin keinen Laut von sich gegeben. „Solche Patientinnen möchte ich immer haben! Sie sind sehr hart gegen sich!" lobte der Arzt.

„Danke, Doktor! Habe nur Ihren Rat befolgt: Zähne zusammenbeißen!" Sie fügte gleich hinzu: „Wenn wir uns beeilen, können wir noch am Jagdfrühstück teilnehmen. Wie immer am Fürsteneck."

„Weiß Bescheid und komme sofort nach!" antwortete Heinze. Er ließ die Gräfin allein, die sich rasch anzog und zum Wagen ging. Vorneweg saß hinter dem Steuer und ließ sofort den Motor laufen. „Sehr gut, mein Lieber!" lobte sie ihn. „Geben Sie Gas, und man wird gar nicht merken, daß ich im Wundbett saß."

Am Fürsteneck brannte ein mächtiges Feuer, ließen sich Schützen und Treiber die belegten Brote und die heiße

Bouillon schmecken. Der Baron von Hofeditz, immer zu Spott und Witz aufgelegt, begrüßte die Gräfin: „Ah! Unsere Jagdherrin hat sich trockengelegt! Sitzt tadellos – die neue Hos'! Soll aber neuen Dreck anzieh'n!" – Er ahnte nicht, daß sich sein Orakel erfüllen sollte.

Auch Dr. Heinze kam noch rechtzeitig an, um eine kräftige Schnitte zu verzehren und mit zwei Bommerlundern nachzuspülen. Dann gebot das Horn wieder Aufbruch zur Jagd. Der Graf gab noch einige Anweisungen für die vorgesehenen zwei Waldtreiben, bat um größte Ruhe und möglichst sichere Schußabgabe. Die Rotwilddickung sollte weitab im Altholz umstellt werden, um ein einwandfreies Ansprechen der Stücke zu gewährleisten. Das Treiben lief dann auch zügig und ohne Zwischenfälle ab. Vier Geweihte und ein starkes Kahlwildrudel wurden herausgebracht. Ein Alt-, ein Schmaltier und zwei Kälber kamen zur Strecke; Krankschüsse wurden nicht gemeldet.

Das zweite Treiben, eine riesige und zum Teil versumpfte Fichtendickung, wurde „Saustall" genannt und stellte hohe Anforderungen an die Treiber. Zwei von ihnen führten scharfe Jagdterrier, die auf Sauen spezialisiert waren und in diesem letzten Treiben geschnallt wurden. Schon nach kurzer Zeit gaben sie Laut. Aber es schien sich nur um Rehwild zu handeln, von dem sie bald abließen. Dann jedoch hörte man ihren giftigen Stand- und anschließenden Hetzlaut und Sekunden später auch aufgeregtes Schreien und Rufen der Treiber: „Sauen nach vorn! Sauen zurück!"

Dann knallte es an mehreren Stellen, zuletzt weit vorn an der Front. Zwölf, dreizehn Schüsse mochten gefallen sein. Danach war längere Zeit nur der gewohnte Treiberlärm zu hören. Zwei Drittel der Dickung waren getrieben, als wieder wütender Hundelaut und wildes Geschrei für neue Spannung sorgten. Aber die Sauen, um die es sich wohl wieder handelte, wurden nicht aus der Dickung herausgebracht. Als der Lärm erfolglos anhielt, rief die Gräfin ihren Nachbarschützen zu, daß sie in die Dickung hineingehen wolle, „um den Drückebergern auf die Läufe zu helfen!“.

„Seien Sie aber vorsichtig, Gräfin!“ rief ihr Hofeditz noch nach – da war sie schon im dichten Tann verschwunden. Mühsam arbeitete sie sich durch das dichte und feuchte Astgewirr voran, nahm keine Rücksicht auf ihre frische Bekleidung. Immer dem Lärm folgend, traf sie schließlich mit dem Waldarbeiter Machulka zusammen, der mit einem Knüppel gegen die Bäume schlug und laut fluchte: „Verdammte Schwienerie! Kein Oas jeiht ruut nich.“

„Na, na, Machulka, man nicht so böse!“

„Ach, di Frau Jreefin! Joa, di Biester renne hen un her em Sompf; aber ruut goahne se nich.“

„Das werden wir gleich haben! Ich mache ihnen da drinnen ein bißchen Dampf.“

„Das is fein, Frau Jreefin! Aber jeben Si acht auf'n Schlamm!“

„Keine Sorg', Machulka! Ich kenn' mich aus.“

Innerhalb der Dickung befand sich eine große versumpfte Wildnis mit dicken Moospolstern, Schlinggewächsen und Dornengestrüpp, mit kümmernden Fichten, Kiefern und Erlen. Aus diesem Dickicht ließen sich die Sauen auch von den anhaltend hetzenden Terriern nicht heraustreiben.

Langsam arbeitete sich die Gräfin vor. Die Stiefel versanken bis zur Wade im Sumpfwasser. Laufend mußte sie Äste, Zweige und Ranken zur Seite schieben, Dornenhekken umgehen, Schlammlöchern ausweichen. Auf einer Blöße, die fast einer großen Suhle glich, blieb sie stehen, reinigte den Büchsenlauf von Wassertropfen und Nadeln, verschnaufte und lauschte. Immer näher kam jetzt der Hundelaut.

Und dann ging plötzlich alles sehr schnell! Sie hörte es poltern, brechen, stampfen – entsicherte, ging in Halbanschlag. Ein grauschwarzer Körper schoß auf die Blöße – stand wie gemeißelt vor ihr – augenblicklich hielt sie drauf – drückte ab – sah im Knall den mächtigen Kopf auf sich zukommen – sprang zur Seite – spürte den Stoß gegen die Hüfte – lag in einer Suhle. Ein Terrier sauste an ihr vorbei. Sie hörte röchelndes Blasen und giftigen Hundelaut – rappelte sich hoch – sah den Hund vor dem todkranken Keiler – sah den Büchsenlauf aus dem Sumpfgras ragen – packte die Waffe und repetierte – hielt auf den Teller – zog ab. Im Fauer sackte der Basse zusammen. Der Terrier fuhr ihm an die Schwarte.

„Puuuh!“ seufzte die Gräfin erleichtert und sah an sich hinunter. „Pfui Deibel! Der Hofeditz hat recht: neue Hos’

– neuer Dreck!“ Sie lud durch, sicherte und lehnte die Waffe gegen eine Kiefer. Erst jetzt spürte sie den Schmerz an der rechten Hüfte. Glücklicherweise hatte sie der Keiler nur mit dem Kopf, nicht mit den scharfen Gewehren getroffen – da blieb wohl nur ein blauer Fleck zurück.

Die Gräfin wollte sich gerade ein wenig säubern, als hinter ihr erneutes Rumpeln und Rascheln zu hören war. Eine ganze Rotte schien da im Anmarsch zu sein. Automatisch ging die Hand zur Waffe – automatisch entsicherte sie. Keine Sekunde zu früh! Zwei Frischlinge purzelten auf die Blöße. Sorgsam schwang die Jägerin mit – drückte ab. Domm – sang die Büchse – ieek – klagte der Wutz – ieef, ieef – war der Terrier über ihm. Blasen, Brechen, Plantschen – wild stob die Rotte auseinander. Der zweite Terrier hetzte vorbei. Dann zahlreiche Schüsse an Flanke und Front.

Die Gräfin warf die Hülse aus, leerte das Magazin, stellte die Waffe ab und trat an den Keiler heran. Eine Weile stand sie ganz still und betrachtete den Bassen, der wohl seine zweieinhalb Zentner auf die Waage bringen würde. Wie ein Film rollten die Bilder der letzten Minute vor ihrem geistigen Auge ab: der hervorschießende dunkle Körper, sein Zusammenrucken, der mächtige Kopf vor ihr – das würde sie wohl nie vergessen . . .

‚Hahn in Ruh!‘ signalisierte das Horn von fern.

„Und Jagd vorbei! Mir reicht’s für heut’!“ fügte die Gräfin fast grimmig hinzu. Während sie noch überlegte, ob sie trotz ihres miserablen Zustandes mit dem Aufbrechen beginnen sollte, kam Machulka nach, der ihre Schüsse gehört hatte. „Mein Jott, Frau Jreefin! Wie seh'n Sie denn aus!?" rief er sofort. „Kann ich was fier Sie tun?"

„Ja, Machulka, Sie können! Die Sauen aufbrechen. Ich bin ziemlich angeschlagen. Schicke Ihnen gleich Hilfe."

„Mach ich, mach ich, Frau Jreefin! Herrjee – was fier ein Klotz!" Sie gab ihm ihren Nicker und stapfte zum Sammelplatz. Dort brannte bereits ein hoch aufgerichteter Stoß von Kiefernscheiten und waren auch schon die meisten Schützen versammelt, schwatzten, tranken, rauchten. Man bemerkte sofort die ramponierte Kleidung der Gräfin. Dr. Heinze ging ihr sogleich entgegen und fragte besorgt: „Was ist passiert, Gräfin?"

„Nichts Besonderes, Doktor! Ein Keiler hat mich in den Sumpf gestoßen."

„Um Gottes Willen! Schnell zur Untersuchung!"

„Ist bestimmt nicht so schlimm! Bin nur pitschnaß."

„Dann bringe ich Sie zuerst zum Gut! Kommen Sie!"

„Danke, Doktor! Das ist nett!"

Beim Gang zum Wagen rief sie dem Verwalter noch zu: „Der Machulka braucht Hilfe. Er bricht in der Sumpfhecke die Sauen auf."

„Sauen?" fragte Heinze. „Wieviel haben Sie denn . . .?"

Die Gräfin lachte schon wieder. „Nur zwei, Doktorchen. Den bösen Keiler und einen harmlosen Wutz."

Während der Fahrt erzählte sie ihm von ihrem Abenteuer in der Sumpfhecke. Als sich Heinze dann den Schaden angesehen hatte, meinte er belustigt: „Was soll man dazu sagen: Am Vormittag ein Schmiß am linken, am Nachmittag ein Stoß am rechten Backen!? Aber außer einem Bluterguß scheint alles in Ordnung zu sein."

„Na prima! In zehn Minuten bin ich angezogen."

Der Medikus hatte seine Zigarette noch nicht zu Ende geraucht, da erschien sie erfrischt und in einer blitzsauberen dritten Jagdgarnitur.

„So, Doktorchen! Auf zum ‚Jagd vorbei und Halali'!" Lachend bestiegen sie den Wagen und waren Minuten später am Fürsteneck, wo gerade der Keiler zur Strecke gelegt wurde. Sofort war die Gräfin Mittelpunkt der Gesellschaft. Ihr Zusammenstoß mit dem Bassen hatte sich längst herumgesprochen. Daran, daß sie mit dem Keiler Jagdkönigin geworden war, bestand kein Zweifel. Der Graf mußte energisch um Ruhe bitten, um seinen Dank an Schützen und Treiber aussprechen, die Strecke bekanntgeben und die Brüche verteilen zu können. Weithin klangen dann die Hornsignale durch den abendlichen Wald. Ein Höhepunkt des traditionellen Banketts war die Damenrede von Dr. Heinze, die er vor allem der Gräfin widmete. „Sie ist nicht nur eine exzellente Gastgeberin, nicht nur eine souveräne Jagdkönigin, sondern aus meiner Sicht auch eine vorbildliche tapfere Patientin, alle Schmerzen klaglos ertragend. Ich kann Ihnen versichern, daß mancher starke Jägersmann die Jagd mit den Verletzungen gar nicht durchgestanden hätte. Glücklicherweise haben sich Felsspitze und Keilerkopf den Körperteil ausgesucht, der Riß und Stoß gefahrlos überstehen wird."

Wie die Gräfin einen Wilddieb kurierte

Gräfin von Hohenstein mußte die Führung des großen Rittergutes übernehmen, als der Graf mit seinem schnellen Porsche tödlich verunglückte. Sie überwand den Schock überraschend schnell, stellte ihre Lieblingsbeschäftigungen weitgehend zurück, ließ sich stattdessen von ihrem Inspektor über alle wirtschaftlichen und finanziellen Angelegenheiten genauestens unterrichten und übernahm bald die Leitung des Gutes.

Eines Nachts hatte der Forstwart des Gutes, als er bei Mondschein auf Sauen ansaß, einen gedämpften Schuß in seiner Nähe gehört. Obwohl er sofort zu der kleinen Waldwiese schlich, wo der Schuß abgegeben sein mußte, war da nichts zu sehen, noch zu hören. Pflichtgemäß unterrichtete er sofort die Gräfin, die für den nächsten Morgen eine Nachsuche anordnete.

Sie führte selbst den Deutsch-Drahthaarrüden Gero, der ganz hervorragend auf Schweiß arbeitete. Tatsächlich verwies er nach einer halbstündigen Nachsuche einige Schweißtropfen, fand aber trotz weiterer intensiver Arbeit auf der Wiese und im angrenzenden Bestand weder den Aufbruch, noch ein anderes Zeichen von einem geschossenen Stück Wild. Entweder hatte der unbekannte Schütze das Stück nur krankgeschossen oder unaufgebrochen weggeschafft.

Bis zu diesem Zeitpunkt war der Gutswald von jeglicher Wilddieberei verschont geblieben, während in den benachbarten Gemeindewaldungen immer wieder jagdliche Übergriffe vorkamen. Das mag wohl daran gelegen haben, daß der Graf seinen Wald wie einen Augapfel hütete, sehr oft frühmorgens vor dem ersten und abends bis nach dem letzten Büchsenlicht und nicht selten auch in den Mondscheinnächten draußen war. Für ihn bedeutete der Aufenthalt im Forst neben dem jagdlichen Erleben auch Entspannung und Erholung von seinen zahlreichen Pflichten – und für sein Wild war er ein sehr wirksamer Schutz.

Nun war der Gutswald dieses Schutzes beraubt. Zwei Wilddiebe aus der nahen Kreisstadt beschlossen, diesen für sie günstigen Umstand zu nutzen. Niemand ahnte, daß zwei als ehrenwert geltende Bürger auf verbotenen Schleichwegen wandelten, daß zwei langjährige Pächter der Stadtjagd zugleich äußerst raffinierte Wilderer waren: der korpulente Gastwirt und Metzger Großkopf und sein 25jähriger Sohn Heinrich als Gehilfe. Unersättliche Profitgier und Jagdleidenschaft waren die Motive ihres ungesetzlichen Tuns.

Der Umgang mit den Jägern der näheren und weiteren Umgebung, die Kenntnis ihrer Gespräche, Vermutungen und Maßnahmen kamen den beiden sehr zugute. Im übrigen taten sie alles, um einer Entdeckung zu entgehen. Der alte Großkopf „arbeitete“ mit äußerster Vorsicht, benutzte eine spezielle kurzläufige Büchse mit Schalldämpfer, die er auf Gesellschaftsjagden nie führte, sowie ein besonders lichtstarkes Zielfernrohr und ein Jagdglas, was ihm das Wildern auch bei schwachem Mondlicht gestattete. Sie führten Täuschungsmanöver durch, indem der Sohn den einen oder anderen Schuß im eigenen Revier abgab, während der Vater im Nachbarrevier „jagte“.

Er schoß dort nur solches Wild, das er allein und unaufgebrochen über die Grenze tragen konnte: Rehe, Rot- und Damwildkälber, Frischlinge. Zur vereinbarten Zeit und vom vereinbarten Platz holte ihn der Sohn mit dem Wagen ab. Jetzt hatten sie also auch den angrenzenden Gutswald in ihr „Jagdgebiet“ einbezogen und bereits einen Frischling und zwei Rehe ohne große Mühe erbeutet. Sie ahnten nicht, daß der letzte Schuß gehört und eine erfolgreiche Nachsuche durchgeführt worden war.

Die Gräfin rechnete damit, daß der Wilddieb nach dem geglückten Coup nicht lange mit dem nächsten warten würde. Sie gab dem Forstwart die Anweisung, keinem Menschen ein Wort über den Vorfall zu sagen und seinen Dienst ganz wie immer auszuüben. Auch sie selbst ging wie gewohnt ihren Pflichten nach – nur mit dem Unterschied, daß sie noch eine neue und schwere auf sich lud. Nur der

Forstwart wußte, daß die Gräfin Abend für Abend, bevor der Mond aufging, das Gutshaus durch die Hintertür verließ, statt ihrer leichten Bockbüchsflinte den schweren Drilling und im Rucksack einen Klappstuhl mitnahm, daß sie Stunde um Stunde an der in Grenznähe liegenden „Simmelswiese" ansaß, erst lange nach Mitternacht zurückkam und nach kurzem Schlaf wieder ihre Arbeit aufnahm.

Die dritte Nacht nach Vollmond senkte sich über Feld und Wald. Leichte Federwolken umspielten den abnehmenden Mond. Zum sechsten Male saß die Gräfin am Wiesenrande im sorgfältig ausgeasteten Holunderbusch, den geladenen Drilling auf den Knien, trotz des wenigen Schlafes der letzten Nächte hellwach und angespannt lauschend. Drei Rehe waren auf die Wiese ausgetreten: Ricke mit Kitz und ein Spießbock, keine fünfzig Gänge entfernt. Ein liebliches Bild und tiefe Stille ringsum. Die Gräfin prüfte durchs Zielfernrohr, ob ein sicherer Schuß bei dem herrschenden Licht noch möglich wäre und zuckte zusammen: ein gedämpfter Knall – sehr nahe! Ein Reh brach zusammen, die beiden anderen flüchteten zwanzig, dreißig Meter, verhofften kurz, sprangen schreckend ab. Dann lastende Stille – zehn, zwanzig Sekunden lang.

Die Gräfin stand auf, hielt den auf Schrot gestellten Drilling in Halbanschlag. Da löste sich von links vom Bestandesrand ein Schatten, hastete zum liegenden Stück hin, bückte sich danach – im Mondlicht schimmerte matt der pralle Wilddiebsspiegel – die Gräfin hielt drauf – sah die Stachelspitze zwischen den Keulen stehn – drückte ab.

Peitschender Knall – ein markerschütternder Schrei – ein hochschnellender Körper – rasende Flucht in den gegenüberliegenden Bestand ...

„Der kommt nicht wieder!!“ murmelte die Gräfin befriedigt, entlud den Drilling, zündete sich eine Zigarette an und ging zu dem geschossenen Stück. Es war der Spießbock, neben ihr lag die Wilddiebswaffe. ‚Ein feines Gewehrchen und supermodernes Zubehör!‘ stellte die Gräfin fest, drückte die Zigarette aus, brach den Bock auf, zog ihn an den Wiesenrand und hängte ihn in eine Astgabel. Dann holte sie die Waffen von der Wiese und ging langsam heimwärts. Sie war jetzt müde, aber hochzufrieden . . .

Der alte Großkopf rannte derweil mit fliegenden Lungen und brennendem Hinterteil zu dem Platz im Stadtwald, wo der Sohn mit dem Wagen auf ihn wartete. Keuchend stieß er hervor: „Bin angeschossen – schnell zum Arzt – war ein Jagdunfall – hast mich mit einer Sau verwechselt – hörst du!?“

Er lag bäuchlings auf dem Rücksitz, während der Sohn in halsbrecherischem Tempo zum Hausarzt raste. Anhaltend und laut schrillte die Klingel durchs schlafende Haus. Eine Ewigkeit dünkte es den beiden, bis die Tür sich öffnete und der Arzt erschien. „Ein Jagdunfall, Herr Doktor!“ stöhnte der Verletzte und deutete auf seine Rückseite. Doktor Heinze, selbst Jäger, war sofort im Bilde, führte den Taumelnden ins Sprechzimmer und verpaßte ihm augenblicklich zwei Spritzen.

„Helfen Sie ihm beim Ausziehen!“ befahl er dem Sohn. Nachdem die Assistentin eingetroffen und der Patient in tiefe Narkose gesunken war, arbeiteten sie fast zwei Stunden lang und holten über dreißig Schrotkörner, Kaliber drei Millimeter, aus Gesäß und Oberschenkel heraus. Die meisten konnten mit der Pinzette herausgezogen werden; aber mehrere saßen tiefer und machten Einschnitte erforderlich. Ein Glück, daß nur die Muskelpartien getroffen waren. Während die Assistentin den Patienten weiter versorgte, unterrichtete Heinze den Sohn: „Lebenswichtige Organe nicht betroffen; Blutverlust erheblich, aber nicht lebensgefährlich; drei bis vier Wochen Bettruhe mit Nachbehandlung.“

„Jawohl, Herr Doktor! Und bitte niemand etwas sagen!“

„Ja, ja, verstehe! Aber wie konnte das passieren?“

Der junge Großkopf wurde rot und stotterte: „Hab ihn mit einem Wildschwein verwechselt – sah genau so aus – am Maisfeld unten . . .“

„Auf Sauen mit Schrot??“ wunderte sich der Doktor.

Sein Gegenüber stotterte noch mehr: „Hatte – in der Eile – vergessen – den Drilling – auf – auf – Kugel – umzustellen . . .“

„So? Hätte schlimm ausgehen können!“ meinte Heinze und half der Assistentin beim Ankleiden des erwachten und stöhnenden Patienten. Sie schafften ihn in den Wagen, und der Sohn fuhr eilig davon. –

Es ist noch zu berichten, daß der robuste Großkopf schon nach zwei Wochen „einer leichten Grippe“ das Bett verlassen, aber sein zernarbtes Gesäß vorerst nur unter Schmerzen benutzen konnte. Der Wilddieb Großkopf war für alle Zeiten kuriert! Daß ihn jemand überlisten konnte, war für ihn zu unheimlich und abschreckend. – Doktor Heinze aber dachte vergeblich nach, wer auf den alten Großkopf geschossen haben mochte. Die Darstellung des Sohnes sah er als Märchen an; doch eine Lösung des Rätsels fand er nicht.

Wochen und Monate gingen ins Land. Der Winter hielt seinen Einzug mit erstem Schnee und leichtem Frost. Man feierte weiße Weihnachten. Die Gräfin hatte die alten Jagdfreunde zum traditionellen Treffen am zweiten Festtag eingeladen. Nach dem Essen unterhielt man sich bei hellem Kaminfeuer und heißem Punsch über jagdliche Ereignisse des auslaufenden Jahres.

„Na, lieber Doktor, und was haben Sie Interessantes erlebt?“ wandte sich die Gräfin an Doktor Heinze. Bei dieser Frage stand dem Medikus plötzlich das Bild des verletzten Großkopfes vor Augen – ein Verdacht stieg in ihm auf.

„Was Interessantes, Gräfin? Nicht daß – ja – doch! Ein bißchen ungewöhnlich war das schon mit dem Jagdunfall!“

„Jagdunfall? Bitte, erzählen Sie!“

„Nun ja – also da klingelt mich doch eines Nachts im Spätsommer ein Mann aus dem Schlaf – der hat eine volle Schrotgarbe im Gesäß!“

„Oh – eine Schrotgarbe – im Gesäß??“

„Ja, ja! Jemand muß da genau draufgehalten haben!“

Dabei sah er wie zufällig die Gräfin an, die leicht zusammenzuckte, sich rasch abwandte und nach ihrem Glas griff.

„Hat er denn nicht gesagt, wie es zu dem Unfall kam?“ fragte der als Scharfschütze bekannte Studienrat Jankus.

„Er hat mehr gewimmert als verständlich erklärt, nur von einer Verwechslung geredet.“

„Ja, ja, die Nachtjagd ist nicht ganz ungefährlich! Wer war denn der Mann?“

„Kann ich Ihnen nicht sagen, meine Herren. Das fällt unter meine Schweigepflicht.“

„Aber wie hat er die Verletzung überstanden?“ wollte die Gräfin, die sich wieder gefangen hatte, noch wissen.

„Ich glaube, daß der Mann heute wieder normal sitzen kann“, antwortete der Doktor und rief damit allgemeine Heiterkeit hervor. Als die Gesellschaft lange nach Mitternacht aufbrach, gab die Gräfin dem Arzt ein Zeichen, noch ein Weilchen zu bleiben. Nachdem die Gäste fort waren, sagte sie lächelnd zu ihm: „Mein lieber Heinze, ich will nicht wissen, wer der Mann mit der Schrotgarbe war. Aber Sie wissen nun sicherlich, von wem er sie erhalten hat. Kommen Sie mit.“ Sie führte ihn ins Jagdzimmer des Grafen, der hier eine beachtliche Sammlung von Trophäen, Waffen und anderen Jagdutensilien angelegt hatte. Aus einen Schrank nahm sie eine Büchse heraus, die mit

Schalldämpfer und Zielfernrohr bestückt war. „Das ist die Wilddiebswaffe – gewesen!“ sagte sie, und es klang ein bißchen Stolz in ihrer Stimme mit.

„Oh la la! Eine exklusive Waffe!“ staunte Heinze. „Wie haben Sie das nur geschafft?“

„Erzähle ich ihnen drüben – bei einem Rotspon als Betthupferl“, sagte die Gräfin und stellte das Gewehr in den Schrank zurück. Ein halbes Stündchen saßen sie noch zusammen, und während sie von dem funkelnden Wein nippten, plauderte die Gastgeberin amüsant über die nächtliche Wilddiebsjagd.

Zwei ostpreußische Originale

Der Wutz und ein bißchen Erotik

Sie waren aus Ostpreußen ins Hessenland gekommen und hatten vorübergehend in einer geräumigen Jagdhütte die benötigte Unterkunft gefunden: der hochgewachsene, dünne Amtmann Markus und seine sehr stattliche, vollschlanke Ehefrau Amalie. Da er die Angewohnheit hatte, seinen Gefühlsregungen wie Freude und Ärger, Aufregung und Überraschung, Anerkennung und Ablehnung mit einem breiten „Erbarmung“ Ausdruck zu geben, erhielt er bald den Spitznamen „Erbarmung“. Warum er seine Frau „Muhle“ nannte, war nie so recht zu ergründen. Wahrscheinlich gefiel ihm der Vorname Amalie nicht sonderlich, so daß er ihn in eine selbsterfundene Koseform umwandelte.

Dieses Ehepaar lernte ich dadurch kennen, daß ich zu denjenigen Jägern gehörte, die einen Karabiner führen durften und mit der Schwarzwildbekämpfung – wie es damals hieß – beauftragt waren. Die Pächter der großen Stadtjagd, die keine Möglichkeit zur Jagdausübung hatten, waren froh, daß es nun jemanden gab, der in ihrem Revier für den Rückgang der Schwarzkittel und des Wildschadens sorgte. Sie kamen fast an jedem Wochenende in das herrlich gelegene Jagdhaus, um auszuspannen und – um die von mir geschossenen Sauen totzutrinken. Während Muhle dabei für ein vorzügliches Essen sorgte, war Erbarmung für die Bereitstellung der Getränke zuständig.

Des öfteren begleitete er mich auf Pirsch und Ansitz und erwies mir dabei manchen kleinen Dienst. Er hatte sich schnell einige jagdliche Kenntnisse erworben und außerdem von Natur aus einen vorzüglichen „Riecher", wie er seinen Dusel nannte, fast immer etwas Interessantes zu sehen. Bei mir hatte sich ein bißchen Aberglaube eingenistet: Wenn du Markus mitnimmst, hast du Aussicht, ebenfalls etwas Spannendes zu sehen oder zu erleben. Schon in der zweiten Woche nach dem Beginn unserer gemeinsamen Jagdgänge erlebte ich mit ihm ein nettes, lustiges Abenteuer.

Es war an einem hochsommerlichen Wochenende. Heiß brannte die Sonne vom wolkenlosen Himmel. Die Quecksilbersäule kletterte auf dreißig Grad im Schatten. Mensch und Tier sehnten sich nach Kühlung und Erfrischung. Ich stellte mir vor, daß dies auch auf die Sauen zutreffen müßte und daß sie womöglich schon am Nachmittag ein Schlammbad nehmen könnten. Dafür besonders geeignet erschien mir eine Suhle inmitten einer großen Fichtendickung. Knapp fünfzig Meter unterhalb des Wasserloches befand sich eine hohe Kanzel, die sehr geschickt in eine Erlengruppe eingebaut war. Von da aus konnte man über die Jungfichten hinweg sowohl die Suhle als auch die weitere

Umgebung der Dickung einsehen. Ich beschloß, diese Kanzel aufzusuchen, aber nicht allein, sondern in Begleitung meines Jagdgehilfen, wie ich Markus inzwischen getauft hatte.

In denkbar leichtester Jagdkleidung begab ich mich also zur Jagdhütte, stieg das Treppchen zum Vorgarten hinauf und fand „Erbarmung“ schlafend vor. Fast tat es mir ein bißchen leid, ihn wecken zu müssen; denn was konnte man bei dieser Hitze besser tun, als im Schatten zu ruhen? Aber da er in mein Programm eingeplant war, gab es keinen Pardon für ihn. Ich zupfte einen Grashalm aus, trat leise von oben an ihn heran und kitzelte ihn an der Nase. Wie von der Tarantel gestochen, fuhr er mit einem mächtigen Hatt-schii in die Höhe, rieb sich heftig die Nase und blickte verdutzt in die Gegend.

„Leiden Sie an Heuschnupfen, lieber Freund? Das täte mir leid!“ sagte ich freundlich hinter seinem Rücken.

Markus fuhr herum, sah mich forschend an und polterte los. „Erbarmung! Sie jrausamer Mensch! Einen so sadistisch zu wecken! Und wo ich jerade so scheen träumte!“

„Das tut mir noch mehr leid, mein Guter! Aber jetzt ist keine Zeit zum Schlafen, sondern Aufbruch zur Jagd! Waidmannsheil, mein Bester!“ Er rappelte sich hoch und streckte mir die Hand entgegen.

„Waidmannsjeheul auch! Was sagten Sie da: Aufbruch zur Jagd? Sie haben wohl Sehnsucht nach'm Sonnenstich? Erbarmung!“

„Keine Sorge, mein Lieber! Das wird eine ganz bequeme Sache. Wir steigen nur auf den Erlenhochsitz, und da können Sie dann weiterträumen."

„Quatsch! Haben Sie schon mal e scheenem Traum zu Ende geträumt, wenn Sie jeweckt wurden? Aber bis zur Erlenkanzel komm ich mit; das is man jrade noch zu schaffen."

Er wäre auch bis auf die andere Seite des Berges mitgegangen, hätte dann allerdings schwer gestöhnt und immer wieder sein breites Erbarmung gebraucht. Wir erreichten schnell und leise den Hochsitz, kletterten hinauf und machten uns fertig. Markus nestelte sich in seiner Ecke zurecht, wischte dicke Schweißperlen von seiner Stirn und putzte dann sehr sorgfältig das mitgenommene Jagdglas. Ich lud und sicherte den Karabiner, stellte ihn an seinen Platz und tat es im Schweißtupfen meinem Begleiter nach. Die Hitze trieb uns das blanke Wasser aus den Poren. Aber allmählich wurde es angenehmer. Die Erlenkronen reichten über den Hochsitz hinaus und spendeten wohltuenden Schatten; auch ein leichtes Lüftchen wehte hier oben.

Da es an der Suhle noch still und leer war, ließen wir unsere Blicke über die schöne Landschaft wandern. Um uns herum breitete sich die vom Sonnenschein überflutete Dickung und weiter nach links eine große mit einzelnen Sträuchern und Wacholderbüschen bestandene Hute aus. Um beide Flächen spannte sich im weiten Bogen, hinaufführend bis zum Bergesrücken, prächtiger Buchenhochwald. Hinter uns lag ein liebliches Tal mit einem freundlichen Städtchen und den jenseitigen Bergen.

Zehn Minuten mochten vergangen sein. Ich sah einem Bussard zu, der rechts über den Altbuchen scheinbar schwerelos seine Kreise zog, als Markus mich anstieß und flüsterte: „Achtung! Zwei Schmalrehe von links!"

Etwas faul und träge, doch gewohnheitsmäßig führte ich das Glas an die Augen und suchte die Umgebung der Suhle ab. Aber da war nichts zu entdecken. Ich setzte ab, drehte den Kopf – nanu, mein Nebenmann hatte sein Glas gar nicht auf die Suhle, sondern auf die Hute gerichtet. Mit bloßem Auge waren da zwei helle Gestalten zu erkennen. Im Blickfeld des Glases entpuppten sie sich als siebzehn-, achtzehnjährige Mädchen, die eine Bügeltasche trugen und hangaufwärts tippelten. Eine ovale, von Sträuchern halbverdeckte Mulde war ihr Ziel. Es war deutlich zu erkennen, daß sie eine Decke ausbreiteten, sich darauf niederließen und entkleideten.

„Erbarmung! Jetzt machen die da Striptease, janz unscheniert!" entfuhr es Markus ziemlich laut.

„Leise, Mann! Wir sitzen hier nicht im Nachtlokal, sondern auf Sauen an!" zischte ich ihm ins Ohr.

„Oh, ja, hätt ich beinah verjessen!" flüsterte er erschrokken. „Aber janz nackedei – am hellichten Tag!"

„Natürlich, sie fühlen sich doch unbeobachtet und vor Überraschungen sicher", beruhigte ich ihn.

Die Mädchen hatten in der Tat ein ideales Plätzchen gewählt. Sie brauchten nur ein wenig den Kopf zu heben, um alles übersehen zu können und brauchten ihn nur einzuziehen, um selbst nicht gesehen zu werden. Sie konnten ja nicht ahnen, daß zwei Männer aus zweihundert Metern Entfernung und sieben Metern Höhe ihr Versteck doch einsehen konnten. Völlig frei war es allerdings nicht; die Sträucher verdeckten Teile des lieblichen Bildes. Das gefiel meinem Begleiter gar nicht. Er drehte und reckte seinen ohnehin langen Hals gewaltig, um möglichst viele Einzelheiten zu erspähen. „So een Schiet! Muß der blede Busch jerade da stehen!“ hörte ich ihn vor sich hinbrummeln.

„Aber Markus, wer wird denn so indiskret sein! Sie sind ja schlimmer als Don Juan!“ hänselte ich ihn.

„Und Sie sind e Scheinheiljer!“ gab er zurück. „So was sieht doch jeder Mann jerne!“

Es hatte keinen Zweck, Markus hänseln zu wollen; er wußte immer eine schlagkräftigere Antwort. Außerdem hatte er recht. Ich schaute ja auch zu den gutgewachsenen Mädchen hinüber und konnte nicht leugnen, daß sie einen erfreulichen Anblick boten. Aber ich reckte und drehte den Hals nicht so sehr wie er, sondern blickte zwischendurch auch zur Suhle hinunter – und da stand plötzlich ein Überläufer an ihrem Rande, reglos, den Kopf zur Dickung gewandt, als wartete er noch auf seinesgleichen.

‚Donnerwetter! Das paßt gut! Diesmal wird meine Antwort die wirkungsvollere sein!‘ dachte ich und hob ge-

räuschlos die Waffe. Röng – dröhnte der Schuß durch die Waldesstille. Mit einem sonderbaren Laut schnellte mein Nebenmann in die Höhe und spuckte mehrmals aus. Gleichzeitig sackte der Überläufer zusammen und rutschte so in eine Vertiefung hinein, daß ihn der Erdboden verschluckt zu haben schien.
„Erbarmung – nei – Erbarmung – nei!“ Das drückte bei Markus höchste Erregung aus. „Sie Unmensch, Sie! Hätten mich doch wenigstens anstoßen können vorm Schuß!“

„War keine Zeit dazu, mein Bester! Der Wutz verhoffte nur drei Sekunden. Eine brauchte ich zum Ansprechen, zwei zum Zielen und Abdrücken“, gab ich schadenfroh zur Antwort.

„Jetzt verhohnepiepeln Sie mich. Aber ich werde mich rächen – ebenso jrausam – Erbarmung!“

Dann leuchtete er die Suhle und Umgebung mit dem Glase sorgfältig ab, sah mich eindringlich an und fragte mißtrauisch: „Wo is si ieberhaupt?“

„Sie meinen die Sau? Die ist weg! Habe leider vorbeigeschossen.“

Markus schien mich jetzt mit seinen Blicken durchbohren zu wollen. Er witterte neues Unheil und formulierte es so: „Das jlaub ich nich! Auf die lächerliche Entfernung schießen Sie doch nich vorbei! Aber ich werd Ihnen was sagen: Da war ieberhaupt jar keine Sau nich! Sie jönnten mir bloß nich dem Anblick vonne nackichte Mädchens! Erbarmung – nei – ich werd mich rächen – janz jrausam!“

Damit wandte er sich empört von mir ab, hob demonstrativ mit scharfem Ruck das Glas hoch und schaute wieder zur Hute hinüber. Innerlich mächtig feixend, tat ich's ihm nach, um zu prüfen, ob ihm der reizvolle Anblick weiterhin beschieden wäre. Nein, er war's nicht! Mein Bester sah nur noch ein bescheidenes Finale. Offensichtlich waren auch die Mädchen durch den Schuß beunruhigt und beeilten sich, in ihre Kleider zu schlüpfen. Ich hörte Markus wütend brummen: „Ich werd mich rächen – ich werd mich rächen – au wei!"

„Aber, bitte, nicht zu arg! Ich m u ß t e nämlich schießen! Da war wirklich ein Wutz. Und er ist auch getroffen. Ich habe Sie bloß ein bißchen beschwindelt."

„Was? Was sagen Sie da? Das is ja man janz jemein! Au wei – das werden Sie mir bießen!"

Doch schon siegte seine jagdliche Passion über alle Rachegelüste. „Und wo – wo soll si liejen? Ich seh doch nuscht nich!"

„Leider ist sie noch in die Dickung rein, aber sicherlich nicht weit."

„Ich werd si suchen jehn. Sie kennen mich einweisen."

„Markus, Sie sind großartig! Aber auch das ist nicht nötig! Der Wutz liegt in einem Loch, gleich hinter der Suhle."

„Was? Schon wieder was anderes? Heeren Sie, das schwer ich Ihnen: Wenn das nu auch nich stimmt, dann sind Si fier mich fier alle Zeiten erledijt – Erbarmung!"

„In Ordnung! Aber das letzte stimmt nun wirklich! Kommen Sie.“ Wir kraxelten hinab und standen wenig später neben dem Überläufer. Dieser Anblick schien Markus immer etwas zu beeindrucken. Wortlos holte er mir einen Fichtenbruch, der seiner Größe nach einem Dreizentner-Keiler geziemt hätte, strich damit über den vorhandenen Ausschuß und reichte ihn mir mit den Worten „Weidmannsjeheul denn auch, Sie Unmensch, Sie!“

„Waidmannsdank, mein lieber Markus! Und nun wollen wir erst mal einen Versöhnungsschnaps trinken und eine Friedenszigarette rauchen.“ Ich zog das flache, grüne Fläschchen aus der Tasche und reichte es ihm.

„Donnerwetter! Manchmal haben Si auch e verninftje Idee! Das is nach die Aufrejungen genau das Richtje!“

„Janz meine Meinung! Prost, mein Juter!“

„Prost, Prost!“

Wir tranken und rauchten und schwiegen eine halbe, vielleicht auch eine volle Minute. Ganz unvermittelt platzte in dieses Schweigen die Frage von Markus hinein: „Ob si morje wieder e Sonnenbad nehmen?“

Ich war im Augenblick ziemlich perplex, faßte mich aber schnell und antwortete trocken: „Das ist durchaus möglich! Ich würde an Ihrer Stelle mal nachsehen.“

„Das werd ich auch! Aber vorher hau ich erst dem Busch ab – dem, wo mir di volle Sicht nahm – ha – ha – ha – ha – ho – ho . . .“

Das war das lustige Lachen von Markus, welches sein wiedergewonnenes Gleichgewicht anzeigte. Er lachte auch noch lauthals, als wir den Überläufer aus der Dickung zogen.

Der Niedergang ins schwarze Loch

Einige Wochen später war Freund Markus wieder mit von der Partie und lieferte eines seiner tollsten Stückchen. Ich hatte ihn überreden können, einmal vor Tagesanbruch aus den Federn zu steigen und zum Ansitz auf Sauen mitzukommen. Tatsächlich stand er bereits wie ein Schatten auf dem vereinbarten Platz, als ich vor Tau und Tag dort eintraf. Seine Begrüßung war nicht gerade sehr freundlich.

„Mein Jott, das is ja menschenunwirdich, aus'm scheensten Schlaf aufjescheicht zu werden und inne finstre Nacht raus zu missen! Man sieht doch kaum di eijne Hand vore Augen. Weidmannsjeheul!"

„Waidmannsheil, mein Bester! Freut mich, Sie zu sehen! Ganz sicher war ich nicht, daß Sie sich von Muhles warmer Seite trennen würden!"

„Nu werden Si man bloß nich schon am friehen Morjen anziechlich! Meine Muhl war schon e halbe Stund vor mir aufe Leif und hat mir 'n Kaffee jebrieht – das war Espresso-espressivo!"

„Schade, daß jetzt keine Zeit für einen Kaffeebesuch ist! Ich weiß ja, welch' aromatischen Mokka Ihr Mulchen den Gästen anbietet. Jedenfalls müßten Sie nach dem Genuß wirklich munter sein. Kommen Sie!"

Wir gingen in flottem Tempo bis zu der hohen Feldkanzel, von der aus man eine große Fläche der Gemarkung übersehen konnte. So leise wie möglich kletterten wir hinauf und nahmen unsere Plätze ein. Während ich den Karabiner lud, sicherte und vorsichtig in meine Ecke stellte, putzte Markus das mitgenommene Jagdglas, das ihm die Jagdpächter zur Verfügung gestellt hatten. Es war ein erstklassiges Hensoldt 8×56, mit dem er sich mir – dieweil ich nur ein leichtes 6×42 führte – haushoch überlegen fühlte. Tatsächlich hatte er einige Male die Sauen zuerst entdeckt, mir jedesmal leicht auf die Schulter getippt und, wenn ich ihn dann fragend ansah, nur wortlos und überlegen in die betreffende Richtung gedeutet.

Auch jetzt versuchte er sofort, die Felder abzuleuchten, obwohl die Sicht noch keine fünfzig Meter reichte. Absetzend brummte er unzufrieden vor sich hin: „So'n Schiet! Das is beinah wie inne Dunkelkammer. Hätt man jut und jern noch e halbe Stund pennen kennen." Offensichtlich hatte ihn der „Espresso" außerordentlich angeregt, und sicherlich wollte er mich auch ein bißchen ärgern. Schon fuhr er in seinem halblauten, aber sehr deutlichen Ton fort: „Wissen Si, dies Dämmerdunkel im halboffenen Jeheise erinnert mich lebhaft an mein erstes Liebesabenteier, das wo ich mit dreizehn hatte. Liesche hieß si und war auch dreizehn. Wir huckten inne Schul nebeneinander, nur der Mitteljang war dazwischen. Aber der hinderte uns nich, e paar Zettelchens auszutauschen, wenn's netij war. Sie bekam von mir de Rechenzahlen und ich von ihr di Jeschichtsdaten, die wo mir einfach nich innem Kopp rein wollten. Aus dem Zetteltausch entwickelte sich so was wie e kameradschaftliches Bindnis."

Er machte eine Pause, vielleicht hoffend, daß ich nun doch etwas sagen würde. Als dies nicht der Fall war, fuhr er unbeirrt fort: „Daß dis Liesche schon viel weiter war, erfuhr ich an einem Sommerabend, als wir uns unverhofft vorm Dorf trafen. Sie hatte e Korbche Jemiese vons Feld jeholt und ich meinem Freind Karl aufm Jutshof besucht. Natierlich war ich Kavalier und half ihr dis Korbche tragen. Wir jingen dem Feldwej entlang, quatschten ieber dies und jens und näherten uns dem Dorfrand. Vore erste Järten lag noch e Kleefeld, rechts und links standen hohe Reiter. Pletzlich riß si mich heftich nache Seit und flisterte aufjerejt: ‚Schnell verstecken! Da kommt uns' Lehrer!' Ich hatt keine Zeit nich zum Kicken oder Frajen – schon krochen wir innem Hohlraum vom nächsten Reiter rein. Si stellte dis Korbche beiseite und sagte dicht an meinem Ohr: ‚Ich will nicht, daß er uns zusammen sieht. Ich glaub', er hat sowieso schon was gemerkt von unserem Zettelschieben. Komm ganz rein!' Dabei faßte si meine Hand und zog mich janz fest an sich ran. Durch unsre leichte Sommerkleidung fiehlt ich ihre warme Haut und roch dem Duft von ihrem

Haar. Meine Jiet, das war janz nei fier mich, und mir wurd janz komisch zumut. So kauerten wir eng aneinanderjeschmiejt und lauschten nach draußen. Is war jenauso dämmerich wie jetzt."

Wieder machte er eine Pause. Wieder blieb eine Antwort aus. Markus spann weiter: „Wir lauschten und lauschten – aber da kamen keine Schritte nich, und sonst waren nur die abendlichen Jereische vons Dorf zu heeren. ‚Dann wird er wohl umgekehrt und nach Hause gegangen sein', meinte mein Liesche. Weißt du, es ist so romantisch hier; wir bleiben noch ein Weilchen.' Janz schnell schob si den am Boden liejenden Klee zusammen und sagte: ‚Setz dich rein, das ist schön weich.' Ich wußte nich, was is bedeiten sollte, jehorchte aber. Dann kniete si neben mir und fragte unvermittelt: ‚Sag mal, bist du eigentlich kitzlich?' Bevor ich was antworten konnte, lachte si jirrend, wie ich is noch nie nich von ihr jeheert hatte, drickte mich nach hinten ieber und kitzelte mich wie verrickt inne Seiten und am Bauch. Erbarmung – ich hatte man ja bloß zwei dinne Hemdchens an und war schrecklich kitzeliich. Ich wand mich wie e Wurm im Heu, und dis Liesche kicherte und trieb es immer schlimmer. In meiner Verzweiflung jing ich schließlich zum Jejenanjriff ieber, schmiß si neben mich und kitzelte si nu auch inne Seiten und am Bauch. Pletzlich aber lag meine Hand auf ihre Brust – ich weiß nich wie –, und denn spiehrte ich ihre Hand im Nacken und ihren Mund auf meinem Mund. Si kißte mich – so was haben Sie mit dreizehn nich erlebt! Ihre Zung zingelte wie e Schlang jejen meine, und denn biß si raffiniert rein – Erbarmung, is lief mir wie Feier 's Rickjrat runter! Aber nu, wo meine Leidenschaft jeweckt war und ich di Verfiehrerin an mich reißen wollt, sprang si auf und rief erschreckt: ‚O liebe Zeit, es ist schon ganz dunkel! Komm schnell nach Hause!' – So e Luderchi – mit dreizehn – Erbarmung! Wollen Si wissen, wie is weiter jing?"

„Ein andernmal. Bei uns ist es nicht dunkel, sondern hell geworden. Wo sind die Sauen?"

„Sauen, Sauen! Ich sprech vom sieße Liesche, und er denkt man immer bloß anne Kujjels!"

Aber schon hatte er das Glas vor den Augen, und über dem langen, sehnigen Hals drehte sich sein Kopf mitsamt der Optik wie ein Geschützturm langsam von links nach rechts, von rechts nach links – es wunderte mich, daß da nicht einige schlechtgeölte Scharniere zu knarren begannen. Ich hatte Muße, mir eine Zigarette anzuzünden.

„Is nuscht nich! Di Kujjels missen Wind von uns jekricht haben!"

„Na, erlauben Sie! Da müssen Sie ja beim Verlassen der Hütte einen ungeheuren Wind verblasen haben! Ich fühle mich schuldlos." Mit diesen Worten hielt ich ihm die Zigarettenschachtel hin. Sein Blick drückte „Erbarmung!" und „Na warte!" aus.

„Mein lieber Markus, wollen wir wetten, daß wir heute doch noch eine Sau schießen?", fragte ich unternehmungs- und angriffslustig.

„Ich wette jrundsätzlich nie nich, missen Sie wissen. Aber wetten Si doch mit sich selbst! Wenn wir keinem Kujjel nich schießen, haben Si verloren und bezahlen e Kruckche Schinkenhäger; und wenn wir einem schießen – denn jeben Si dadraufhin e Kruckche aus . . ."

„Na wunderbar! In jedem Falle gewinnen Sie mit. Also gut, ich wette, wir schießen ‚einem'!"

„Scheen wär's ja! Aber ich jlaub nich an . . ." Das Wunder blieb ihm im Kehlkopf stecken. Er streckte nur seinen Arm in voller Länge gen Westen aus und verharrte so. Meine Augen folgten ihm, suchten über die Felder hin, blieben an einem dunklen Band haften. Weit hinten, fast an der Gemarkungsgrenze, kroch eine schwarze Riesenschlange dem Walde entgegen. Ich riß das Glas hoch und zählte – bis siebenundzwanzig! Drei Rotten mochten sich da vereinigt haben! Acht schwere Stücke waren darunter. Ratlos blickte ich Markus an. Der grinste schadenfroh über sein ganzes faltiges Fuchsgesicht und spöttelte: „Nu los! Da haben Si ieber zwei Dutzend zur Auswahl – nu schießen Si doch einem!"

„Das werde ich auch!" antwortete ich in einem schnellen Entschluß. „Kommen Sie!"

Er hatte Mühe, mich einzuholen. Beim Gehen erklärte ich ihm meinen Plan: „Passen Sie auf, Markus! Wenn wir ein bißchen Dusel haben, stecken die Sauen noch in der großen Fichtenschonung, bis wir dran sind. Ich umschlage sie und stelle mich oben an. Sie gehen von unten langsam hinein und drücken mir die Rotte zu. Meinen Sie nicht, daß es klappen könnte?"

„Jewiß, jewiß! Bei e bißche Dusel! Ich seh am Horizont schon dis Kruckche . . ."

Im Eilschritt erreichten wir den Weg, der auf die Bergseite der Schonung führt.

„So, mein lieber Jagdgehilfe, Sie warten hier drei, vier Minuten lang und gehen dann die Dickung langsam im Zickzack durch – langsam und leise!"

„Wie e Schatten! Sie kennen sich janz auf mich verlassen!"

Ich stapfte hurtig los, kam auf die Schneise oberhalb der Schonung und suchte mir einen günstigen Platz aus, wo die Reihen der etwa zehnjährigen Pflanzfichten dreißig bis vierzig Meter weit einzusehen waren. Hinter einem hohen Grasbüschel kniete ich nieder, entsicherte den Karabiner und wartete – in wenigen Minuten mußte es sich entscheiden, ob mein Optimismus begründet war.

Ich zuckte zusammen. Iiieek – kreischte es gellend in der Dickung. Also suchten sie dort im grasbewachsenen Boden noch nach Larven und anderen Leckerbissen, bevor sie den Tageseinstand aufsuchten. Ich nahm den Karabiner höher, lauschte, spähte. Zwei, drei Minuten vergingen. Da raschelte es halbrechts von mir, leise, lauter. Ich hörte es anstreichen, knacken, brechen, schmatzen. Dann bewegte sich ein schwacher Wildkörper zum Weg hin; es schien ein Frischling zu sein. Scharfes Blasen drang aus dem Tann heraus – augenblicklich folgte tiefe Stille. Ein altes Stück mußte Wind von mir bekommen haben.

Ich wußte, daß die ganze Gesellschaft in der nächsten Sekunde davonprasseln würde. Zwischen den Jungfichten konnte ich die Vorderhand des Frischlings erkennen, hielt sofort drauf und drückte ab. Iiiek – klagte der Wutz und fuhr zurück in die Dickung. Nach rechts hinüber war wildes Poltern, Rauschen und Stampfen zu vernehmen. Gewohnheitsmäßig repetierte und sicherte ich. In diesem Augenblick begann der Frischling erneut zu klagen, und gleichzeitig hörte ich Markus brüllen: „Ich hab ihm, ich hab ihm! Kommen Sie schnell!"

‚Das ist ja ein Witz!' dachte ich, sprang aber auf und stürmte in die Schonung hinein. Iiiek, iiiek, klagte der Wutz.

„Hiilfe, Hiilfe!". Blankes Entsetzen klang aus Markus' Stimme. Voll banger Ahnung hetzte ich dem Ort des Tumultes entgegen, geriet auf eine Blöße und glaubte ein Bild von Geilfuß zu sehen: Da war eine kleine Suhle, von ein paar dünnen, mannshohen Erlen umstanden. In der Krone eines dieser Bäumchen hing, die langen Arme und Beine mit dem Stämmchen und seinen Zweigen unlösbar verschlungen, das Gesicht angstverzerrt, mein brüllender Jagdgehilfe. Um die Suhle aber kreiste, wütend blasend und den Pürzel drehend, eine starke Bache.

Ich stand eine Sekunde sprach- und bewegungslos. Bevor ich etwas tun konnte, neigte sich die überlastete Jungerle

dem Sumpfloch zu – ein markerschütternder Aufschrei –, und Freund Markus sauste rittlings in den Schlamm hinein, der hoch aufspritzte. Das war der Bache zuviel! Mit einem erschreckten ‚Wuff' warf sie sich herum und jagte mit mächtigen Fluchten ins Dickicht hinein.

Endlich löste sich meine Erstarrung. Ich legte Glas und Karabiner ab, rannte zur Suhle, wo Markus noch immer schrie und die Erle krampfhaft umschlungen hielt. Glücklicherweise war das Loch nicht tief, so daß nur die Hinterhand im Schlamm steckte. Ich packte einen Arm des Liegenden und rief ihm freundlich zu: „Hallo, mein Bester! Warum suhlen Sie? Ich würde die Badewanne vorziehen."

Markus war noch völlig daneben. Er drehte mir nur sein angstverzerrtes Gesicht zu und stammelte: „Wo is dis Biest?"

„Es fand das Bad besetzt und hat sich rücksichtsvoll empfohlen. Nun kommen Sie endlich aus dem Morast heraus! Was wird Muhle sagen?" Das half. Irgendwie befreite er sich von der Erle, nahm meine Hand zu Hilfe, kam auf die Läufe und schließlich auch auf festen Boden. Leicht bebend blickte er um sich, während von seinem Hinterteil der Schlamm tropfte.

„Womeejlich kommt dis Biest zurick?" murmelte er und wollte fort. Ich hielt ihn fest.

„Dis Biest kommt nich zurick!" machte ich ihm nach. „Aber wir gehen sofort. Nur eine Frage noch: Wo ist der Wutz?" Markus sah mich in hilfloser Wut an. „Erbarmung

– ich bin halbdot, und er fragt nachm Wutz! Da – da hat ich ihm zuletzt. Bringen Si mich endlich aus dem verdammten Busch raus!“

Ich merkte mir die Stelle, auf die er gezeigt hatte, nahm Glas und Waffe auf, und dann ging's im Eilschritt hinunter zum Feld. Als wir den breiten Randweg erreichten, schien ein Alptraum von meinem Begleiter zu weichen. Erleichtert aufseufzend hielt er an, atmete mehrmals tief durch und sah an sich hinunter. „So'n eklijet Schiet!“ murmelte er. „Di Muhl wird in Ohnmacht kippen.“

„Das wird sie bestimmt nicht, mein Lieber. Aber fragen, in welchem Schönheitssalon Sie waren.“

„Ihre jemeine Schadenfreid werd ich mir merken, Sie Unmensch, Sie! Und damit Si's wissen: Nu is Schluß! Von jetzt ab jiebt is keinen Jagdjehilfen mehr fier Sie!“

„Da bin ich noch nicht ganz sicher. Aber nun ab nach Hause! Ich gehe den Wutz suchen.“

„Der is nicht weit! Er war schon janz schwach. Waidmannsjeheul!“

„Waidmannsheil, lieber Jagdgehilfe!“

„Pfff . . .“

Ich kraxelte wieder hangaufwärts, wandte mich aber schnell noch einmal nach Markus um. Er stakste so steif- und breitbeinig davon, als hätte er die Hosen randvoll. Da tat mir der Gute doch ein bißchen leid, denn es war ja nicht das erste Mal, daß sein Eifer so schlecht belohnt wurde.

Auf der von ihm bezeichneten Stelle fand ich sofort reichlich Schweiß und anschließend die leicht zu haltende Rotfährte. Nach etwa sechzig Gängen lag der Frischling bereits verendet im Gras. Die Kugel saß ein wenig zu tief, hatte einen Vorderlauf durchschlagen und den Brustkern aufgerissen. Die Mithilfe meines Jagdgehilfen, die den Angriff der Bache herausforderte, wäre wahrlich nicht nötig gewesen.

Ich brach den Wutz auf, zog ihn hinunter zum Weg und schob ihn unter eine tiefbeastete Randfichte. Außer dem Inbesitznahmebruch legte ich noch mein Taschentuch gegen Raubzeug und -wild auf das Stück, steckte mir einen kleinen Schützenbruch an den Hut und wanderte nun ebenfalls zur Jagdhütte. Ich mußte Markus das Versteck beschreiben, damit er den Frischling mit einem der Pächter abholen konnte.

An der Hütte wartete eine neue Überraschung auf mich. Ich war noch über dreißig Gänge entfernt, als mir schon aus ihrem Inneren wohlbekannte, lautstarke Stimmen entgegenklangen. Ein schwerer Mercedes verriet mir, daß der Hauptpächter Kasmeyer bereits eingetroffen war. Die Tür zum Aufenthaltsraum war nur angelehnt. Ich öffnete sie unbemerkt einen Spalt breit und hatte einen zünftigen Anblick. Am Ende des langen Holztisches saßen sich Kasmeyer und Freund Markus gegenüber, ersterer weit zurückgelehnt, eine dicke Brasil im Mund, behäbig lachend, letzterer im sauberen Anzug, hoch emporgereckt, mit gerötetem Gesicht und gestikulierenden Händen. Zwischen ihnen standen eine Steinhägerkrucke, zwei Bierflaschen, eine Zigarrenkiste und einige Aschenbecher. Blauer Dunst hüllte die beiden ein.

Markus befand sich bereits in voller Fahrt und näherte sich gerade dem Höhepunkt seiner Erzählung: „. . .kommt der Kujjel jenau auf mich zujetorkelt – der Schlumpschitz hat ihm man bloß anjekratzt –, und ich will natierlich dem Schaden jutmachen, bick mich jeistesjejenwärtich, pack zu und erwisch dem Kujjel sein Zagel. Heern Si, dis Luder will aber noch wech und quiekt wie verrickt – und ich brill wie verrickt, daß der Karabinerheld kommen soll – aber nich der kommt, nei – auf einmal seh ich e riesije Sau manke Bisch . . .“

„Erbarmung – nei!“ fuhr ich mit lauter Stimme dazwischen, trat an den Tisch, ergriff Kasmeyers Glas: „Prost und Waidmannsheil!“ und kippte den Häger hinunter.

Mit „Waidmannsheil und Dunnerkeil!“ sprang Kasmeyer auf, schlug mir viel zu kräftig auf die Schulter, drückte mir viel zu stark die Hand und meinte leutselig: „Na, was hab’ ich gesagt! Bei unserm Sautöter klappt es immer im richtigen Moment. Markus, gieß ein! Das muß begossen werden! Woll?“

„Woll, woll!“ stimmte ich scheinbar zu. „Aber zuerst muß der Wutz geholt werden! Wenn die anderen Jagdpächter kommen, begießen wir ihn zusammen.“

„Sehr richtig, sehr richtig! Die beiden wären ja inne halbe Stund vollkommen duhn!“ klang eine Frauenstimme aus der Herdecke herüber.

„Guten Tag, Frau Markus!“ begrüßte ich die fleißige Köchin. „Sie haben mal wieder alle Hände voll zu tun. Und Ihr Mann hat Ihnen vorhin einen gehörigen Schreck eingejagt!?“

„Ach was! Wietend war ich. Wie kann e ausjewachsener Mann so bled inne Dreckloch stolpern?“

„Ja, das ist mir auch schleierhaft!“ antwortete ich und wandte mich wieder den beiden Männern am Tisch zu, wo Markus gerade ein Glas leerte. „Na, na, mein Lieber! Sie wollen heute wirklich noch stolpern!?“ meinte ich bedeutungsvoll.

Markus grinste nur, legte zwei Finger an den Mund und stand sogleich auf. Auch Kasmeyer wuchtete sich hoch, seinen Entschluß in die klassischen Worte kleidend: „Tja – denn woll’n wir mal – woll?!“

Wir verließen die Hütte. Während Kasmeyer den Wagen holte, erklärte mir Markus: „Wenn ich der Muhl di Wahrheit jesagt hätt, wär is mitte Jagd aus und vorbei.“

„Ich denke, Sie wollten von sich aus mit der Jagd Schluß machen? Oder hab’ ich mich vorhin verhört?“

„Natierlich ham Si sich verheert – Sie – Sie . . .“

Es sollte noch eine Schmeichelei folgen; aber in diesem Augenblick bat Kasmeyer uns, einzusteigen. Ohne besondere Vorkommnisse holten wir den Frischling und verstauten ihn im Keller.

Abends wurde er dann in vollzähliger Runde totgetrunken. Markus mußte die ganze Geschichte noch einmal ausführlich erzählen. Er fühlte sich wieder einmal als Held des Tages, zumal Kasmeyer ihm höchstpersönlich immer wieder einschenkte und zuprostete. Zu meiner Überraschung schilderte er wahrheitsgemäß alle Einzelheiten „vonnim Kampf mitim Kujjel“, von der „riesijen Sau manke Bisch“, „vonnim rettenden Satz aufe Eller“ und vom „Niederjang ins schwarze Loch“. Die Gesellschaft tobte vor Vergnügen, daß die Entsetzensschreie von Muhle in dem allgemeinen Jubel untergingen.

Da ich an dem Alkoholverbrauch, der einem Hauptschwein zur Ehre gereicht hätte, nicht ganz unbeteiligt war, kann ich nicht sagen, wie sich Muhle und Erbarmung an diesem Abend noch einigten. Jedenfalls durfte Markus weiterhin auf die Jagd gehen – aber eine Dickung betrat er nie wieder . . .

Hochsitzliebelei

Nach einem kräftigen Regenschauer war es am Nachmittag wieder freundlich und warm geworden. Ich verspürte große Lust, die Lungen mit der würzigen, frischen Luft ordentlich vollzutanken und brach frühzeitig auf, um im regenfeuchten Wald zu pirschen. Die Aussicht, zu so früher Stunde auf Schwarzwild zu stoßen, war zwar sehr gering; aber was machte das! Pirschen um des Pirschens willen, des Waldes Schönheit zu genießen, seine Sänger zu hören, den Ruch des Eichenlaubes zu schnuppern, der so lebhaft an Sauwittrung erinnert – war das alles nicht eine Bergtour wert?

Als ich die Jagdhütte am Waldrand sah, hatte ich plötzlich den Wunsch, Freund Markus mitzunehmen, obwohl mir klar war, daß er bei der geplanten Pirsch eher stören als nützen könnte. Aber da gab es einen einfachen und sogar dienlichen Ausweg: Er mußte für anderthalb bis zwei Stunden den Hochsitz an der „Buschsuhle" besetzen und die Umgebung dort aufmerksam beobachten. Dann würde ich ihn abholen, um mit ihm unten auf dem schönen Horizontalweg zwischen Feld und Wald das bewährte Pirschen-Stehen auszuüben. Bei dieser Jagdart durfte er mit von der Partie sein.

Gedacht – getan. Ich machte den kleinen Abstecher zur Hütte und wollte meinen Augen nicht trauen: Markus arbeitete! Mit einer kleinen Hacke säuberte er die Pfade des Vorgartens. Ich wollte ihn ein bißchen erschrecken; aber er hatte mich bereits bemerkt und begrüßte mich gleich mit den Worten: „Na nu? Ihre Uhr jeht wohl ieber zwei Stunden vor? Sie wolln doch womeechlich nich schon jetzt aufe Jagd jehn?"

„In der Hauptsache will ich Sie nur von ihrem entsetzlichen Frondienst erlösen und mit Ihnen ein wenig spazieren gehn. Waidmannsheil, mein Guter!"

„Weidmannsjeheul auch! So, so? Na ja, das is man jewiß ein sehr lebliches Vorhaben, dem wo ich mich nich entziehen kann. Kommen Si erst mal rein!"

„Danke, ich bleibe lieber hier. Denn Ihr Muhlchen wird mich bestimmt nicht loben, daß ich Sie von der Arbeit weglotse."

„Ach was! So neetich is das noch jar nich! Na denn e Momentche – ich komm jleich." Er kam nach erstaunlich kurzer Zeit zurück. Wir marschierten die vertraute Waldstraße hinauf bis zum Bergesrücken und folgten dem Höhenweg, vom dem man eine wundervolle Aussicht auf das Tal und die jenseitigen Berge hatte. Gleich einem zierlichen Kunstwerk, wie von Kinderhand aus einem Baukasten erstellt, lag das liebliche Städtchen drunten am Bach, umgeben vom Kranz der dunkelgrünen Höhenzüge.

„Is doch e scheene Jejend, wo mich das Schicksal verschlajen hat!"

„Ja, eine bezaubernde Landschaft!" pflichtete ich meinem Begleiter bei. „Doch jetzt haben wir die Stelle erreicht, wo die Jagd beginnen soll. Für Sie habe ich die weitaus bequemere Aufgabe vorgesehen: Sie besetzen den Hochsitz an der Buschsuhle und beobachten, was sich da in der Umgegend abspielt, während ich anderthalb bis zwei Stunden pirschen werde. Dann hole ich Sie ab, und wir waidwerken gemeinsam unten am Feld. Einverstanden?"

„Die Frage is doch man janz ieberflissich. Wenn Sie was jeplant haben, muß ich mich doch immer fiejen."

„Oh, so habe ich das bisher noch gar nicht gesehen! Dann werden wir die Pläne in Zukunft gemeinsam machen."

„Das jlauben Sie ja selbst nich! Aber ich hab ja noch nie nich nei jesagt und jeh ja schon. Weidmannsjeheul!“

„Waidmannsheil, mein Bester!“

Er setzte seinen Weg in Richtung Hochsitz fort, ich wandte mich nach rechts und folgte einem grasbewachsenen Seitenweg. Die große Buchennaturverjüngung mit ihren Lükken und Gräben sollte mein erstes Ziel sein.

Ich war noch nicht weit gekommen, als ein schriller, langgezogener Entsetzensschrei durch den Wald hallte. Er kam aus Richtung des Hochsitzes und zweifellos aus einem Frauenmund. Was hatte das zu bedeuten? Da mußte sich jetzt doch Freund Markus befinden. Der Schrei hatte zu schreckerfüllt geklungen, als daß ich in Ruhe hätte weiterpirschen können. Also machte ich augenblicklich kehrt und strebte dem Hochsitz zu. Auf halber Strecke kam mir Markus entgegen, sichtlich verstört. Ich beschleunigte meine Schritte und fragte ihn: „Fühlen Sie sich nicht wohl? Was ist passiert?“

Er antwortete nicht gleich, lehnte sich vielmehr an einen Stamm und fragte seinerseits: „Ham Sie nen Schnaps für mich?“

Glücklicherweise hatte ich das flache, grüne Fläschchen eingesteckt und reichte es ihm. Er tat einen tiefen Zug, setzte ab, sah mich an: „Erbarmung, Mensch! Um e Haar wär ich jetzt doot!“

„Mein lieber Markus, damit macht man keine Witze!“

Er sprach kein Wort, sondern nickte nur leicht mit dem Kopf.

„Entschuldigung!“ sagte ich und hielt ihm meine Zigaretten hin. Zögernd nahm er eine. Wir rauchten. Markus drehte noch immer das Fläschchen nervös hin und her, nahm plötzlich noch einen Schluck und schien sich einen Ruck zu geben: „Also heern Sie zu: Ich erzähl der Reihe nach. Ahnungslos und nich mal besonders leise klettere ich aufm Hochsitz rauf und jlaub anne Halljuzinatijon! Da huckt engumschlungen e Liebespärche am Boden und kißt sich wie verrickt. Das Rockche vom Marjellche is nach oben verrutscht, und er fummelt da mit der Hand rum – vielleicht hab ich vor Ieberraschung Erbarmung jesagt – jedenfalls schlägt das Marjellche in diesem Moment di Augen auf und starrt mir stichgerade ins Jesicht – mein Jott, si is noch sooo jung! Ich seh, wie sich das blanke Entsetzen in ihre Zieje malt – und denn kreischt si los – Erbarmung, nei . . . Heern Si, so e Schrei hat nich nur psiechische, der hat auch phiesische Kraft! Er steeßt mich zurick, daß ich beinah nach hinten ieberkipp – Erbarmung! Im letzten Momang klammer ich mich anne Sproß fest – sonst wär ich jetzt doot!“

Er sprach das so ernst, daß ich froh war, ihn heil neben mir zu haben. Ein Sturz von der acht Meter hohen Leiter hätte in der Tat schlimm ausgehen können.

„Nur gut, daß Sie die Nerven behielten! Übrigens ist das ein tolles Stück: Schäferstündchen auf dem Hochsitz! Sollen wir den beiden nicht wenigstens kräftig die Leviten lesen? Die sind sicher noch nicht weit."

„Nei, nei, lassen Si man! Wir waren auch mal jung . . . Und wie sich dis Marjellche erschreckt hat – Erbarmung! Bloß weil dis Jras noch feicht war, ham si sich ihr Liebesnest da oben einjerichtet."

„Markus, soeben haben Sie den Hochsitz neu getauft: Von heute ab heißt er Liebesnest!"

„Erbarmung – jetzt macht er mich auch noch zum Paster! Aber schad' nicht – Liebesnest is jut! Das nimmt dem Fall e janz jeheerije Portsjon von seine Dramatik. – Du liebe Jiete! Was wird sich der Kasmeyer amisieren! Ha – ha – ha – ha – ho – ho . . ."

„Gottseidank, daß Sie drüber weg sind! Dann kann's ja weitergehn!"

„Aber ja – e juter Schnaps hilft immer! Und jetzt jehn wir noch e Kujjelche schießen!"

Wahrhaftig – zwei Stunden später schossen wir unten auf dem Feld das Kujjelche, einen schwachen Überläufer.

Spür es am Spiegel warm und weich

An einem der letzten Augusttage war ich zur Jagdhütte hinaufgefahren, um Freund Markus zur Mondscheinjagd auf Sauen einzuladen.

„Waidmannsheil, mein Lieber! Hätten Sie nicht Lust, heute abend zum Ansitz auf Sauen mitzukommen? Es verspricht eine wundervolle, romantische Mondscheinnacht zu werden."

„Weidmannsjeheul auch! Von di Romantik halt ich nich viel; aber Ansitz auf Sauen – das klingt man schon e bißche lukrativer! Un wo soll is denn hinjehen, wenn di Frag jestattet is?"

„Ich wollte Sie bitten, das ‚Liebesnest' zu besetzen."

„Erbarmung! Und wenn is schon anderweitij besetzt is? Wie damals?"

„Aber ich bitte Sie! So etwas kommt doch höchstens alle zehn Jahre vor!"

„Das sagen Sie! Na, ich schmeiß erst e Steinche jejen dim Kasten; denn werd ich schon merken, ob jemand oben is."

„Ausgezeichnet! Ich wußte doch, daß Sie sich immer zu helfen wissen!"

„Und wann soll is losjehn?"

„Um 18 Uhr bin ich wieder hier. Bis dahin Waidmannsheil!"

„Weidmannsjeheul!"

Vier Stunden später wanderten wir durch den herrlichen Abend unserem Ziele zu. Vielleicht war mein Begleiter doch von der romantischen Schönheit des Buchendomes angerührt, durch den unser Weg führte? Er schwieg. Ich war gewohnt, daß er fast immer die Unterhaltung begann und wartete geduldig darauf. Mir war die Stille durchaus angenehm. Wer weiß auch, welch' hehre Gedanken ihn bewegen mochten!?

Plötzlich stellte er die Frage: „Und wenn nu doch e Liebespärche da oben is?"

So ein Filou! Ich wollte ihm die Illusion, daß sich die Liebesszene wiederholen könne, rauben und sagte verheißungsvoll: „Dann gebe ich 'ne Pulle Puschkin aus!"

„Nich mejlich! Und warum sind Sie so sicher?"

„Aber, mein Guter! Damals war der Waldboden feucht und kalt. Heute ist doch jedes Graslager tausendmal angenehmer als ein Bretterboden!"

Er überlegte zwei, drei Sekunden, seufzte dann tief auf und sagte: „Schade!"

„Was ist schade?"

„Der ausfallende Puschkin natierlich! Was dachten Sie denn?"

„Der ausfallende – natierlich . . ."

Wir maschierten nun durch ein Fichtenstangenholz und zuletzt durch angehendes Buchenbaumholz. Daran schloß sich schon der Eichenbestand an, durch den ein Hauptwechsel führte. An ihm stand mein Hochsitz, und hier verabschiedete ich auch meinen Begleiter: „Also, mein treuer Waidgeselle, Liebesleute werden Sie heute nicht zu sehen bekommen. Dafür wünsche ich Ihnen um so besseren jagdlichen Anblick! Und bleiben Sie auf jeden Fall in Ihrem Nest, bis ich Sie abhole! Ist alles klar?"

„Natierlich – wie Klärchen."

„Dann Waidmannsheil!"

„Weidmannsjeheul!"

Er stakste gemächlich davon, während ich nach fünfzig Gängen den zehn Meter hohen „Eichenhochsitz" bestieg. Als ich mich umsah, war mein Freund Markus schon verschwunden. Jetzt boten mir Amsel und Rotkehlchen mit ihren melodischen und perlenden Weisen angenehme Unterhaltung. Die mächtigen Eichen verströmten einen herben Ruch, dahinter brannte der Abendhimmel. Ganz allmählich wurde es dämmrig, aber nicht dunkel. Ich befand mich ziemlich genau auf dem Bergsattel und konnte von meinem Hochsitz aus über den Wald bis zum jenseitigen Horizont sehen, wo jetzt der Vollmond aufging.

Durch sein Licht entstand Nachtstimmung; alles wurde heimlicher als zuvor. Höher und höher stieg die silberne Scheibe. Minute um Minute, Vierstelstunde um Viertelstunde verrann.

Nichts zeigte, nichts regte sich. Ich saß mucksmäuschenstill und genoß den zauberhaften Abend. Aber ganz plötzlich hatte ich die Vorstellung – oder war es jagdlicher Instinkt? –, daß die erwarteten Schwarzkittel nicht bei mir, sondern bei meinem Nachbarn an der „Buschsuhle" kommen würden. Diese Vorstellung war so stark, daß ich sofort abbaumte und westwärts pirschte.

An die Eichen schloß sich eine Fichtenkulisse an, und dahinter lag der Buchenbestand, in dem sich die „Buschsuhle“ und das „Liebesnest“ befanden. Bis auf achtzig, siebzig Meter pirschte ich mich an die Suhle heran und verhoffte. War da nicht schon ein Geräusch zu hören? Klang es nicht, als würden Läufe aus zähem Schlamm gezogen? Vorsichtig tappte ich weiter vor, leuchtete mit dem Glas den Rand und die Lücken der Suhle ab, lauschte wieder angespannt. Da ließ mich ein sonderbares Geräusch herumfahren – was war denn das? Ein schwarzer Klotz – ein hauend' Schwein? Genau unter dem Hochsitz, auf dem – da kam mir endlich die Erleuchtung: Freund Markus saß da – in unverkennbarer Haltung! Durchs Glas erkannte ich nun auch die helle Rundung seines entblößten Spiegels. ‚Erbarmung' Jerade jetzt!“ hatte er einmal zu mir in gleicher Situation gesagt.

Wahrhaftig – mußte das gerade jetzt sein, da die Sauen anwechselten? Ein Glück nur, daß der Wind von der Suhle her und nicht umgekehrt wehte. Ich ließ Markus sitzen und wandte mich wieder den Sauen zu. Im richtigen Augenblick! Schwarz quoll es aus der Suhle heraus: Frischlinge, Überläufer, starke Stücke, und dahinter im Sumpf immer noch Rascheln, Stampfen, Brechen. Ich machte nicht den Versuch, sie zu zählen, wartete auch nicht, daß alle herauskämen, sondern dachte nur an die Wittrung, die von dem Mann unterm Hochsitz ausgehen mochte.

Nerven behalten! Ruhe, Ruhe! Ich legte den Karabiner in eine Astgabel, suchte durchs Zielrohr einen der schwarzen

Körper. Einem Überläufer konnte ich mit dem Abkommen folgen, bis er kurz verhoffte. Im nächsten Augenblick stand der Stachel ruhig vor dem Blatt, krümmte sich der Finger am Abzug. Dem dröhnenden Knall folgte ein Schrei und Brechen, Prasseln, Poltern. Wild stob die Riesenrotte nach allen Seiten auseinander. Ich sah, wie mehrere Stücke auf den Hochsitz zurasten, hörte einen neuen Entsetzensschrei und nahm wahr, daß mein Freund Markus nach hinten überkippte – Erbarmung!

Zwei Frischlinge flüchteten noch an mir vorbei. Den einen hätte ich packen können; aber als er die einzige Lücke passierte, befand er sich genau zwischen mir und dem Hochsitz. Dann war der wilde Spuk vorüber. Ich vertauschte die Waffe mit dem Glas und richtete es zuerst auf Markus, den Vielgeplagten. Er rappelte sich just in diesem Augenblick hoch, und ich hörte ganz deutlich sein kräftiges „Erbarmung, Erbarmung!" Es drückte grenzenlose Empörung und tiefste Abscheu aus. Aber verletzt war er bestimmt nicht; dann hätte er anders reagiert. Ich konnte erkennen, daß er etwas Weißes in Händen hatte und mit seinem Spiegel beschäftigt war.

Einigermaßen beruhigt leuchtete ich nun die Stelle ab, wo mein Überläufer gestanden hatte. Sie war leer; auch im näheren und weiteren Umkreis zeigte sich kein schwarzer Fleck. Ich ging zunächst zu dem vermeintlichen Anschuß, fand nur zahlreiche Eingriffe und aufgewühltes Laub, verbrach die Stelle und stapfte zu Markus hinüber. Der stand wie eine Säule neben dem Hochsitz. Ich tat vollkommen harm- und ahnungslos: „Hallo, mein Bester! Was ist denn los? Warum stehen Sie da wie angenagelt?"

Keine Antwort. Donnerwetter – gut gelaunt war der nicht! Ich lehnte mich gegen die nächste Buche, holte umständlich die Zigaretten hervor, zündete mir absichtlich zuerst eine an und hielt das Päckchen meinem Gegenüber hin. Er schien es nicht zu sehen, sondern mußte sich ausgerechnet in diesem Augenblick schneuzen.

Warte, Freundchen! Ich habe noch einen Pfeil im Köcher – und der ist viel giftiger! Ebenso umständlich holte ich nun das flache, grüne Fläschchen hervor, schraubte den Verschluß ab und reichte das Gefäß meinem zürnenden Jagdgehilfen. Er rührte sich nicht. Eine Sekunde lang ragte mein Arm sinnlos in den Raum. Ich wollte ihn schon zurückziehen, da öffnete Markus ein wenig die Lippen: „Wo is die Sau?"

Darauf war ich nicht gefaßt und mußte erst einmal schlukken: „Wenn ich das wüßte, hätte ich etwas anderes zu tun, als Ihnen hier reichlich blöde den Kognak anzubieten."

„Worauf wolln Si denn trinken, wenn nuscht nich is?"

Oha – womit hatte ich das verdient? Nahm er's mir übel, daß ich, beziehungsweise die Sauen ihn bei seiner Sitzung gestört hatten? Hätte ich abwarten oder ihn höflichst auf meinen Schuß aufmerksam machen sollen? Ich beherrschte mich und sagte: „Zunächst auf Ihre Gesundheit! Ich fürchtete nämlich, Ihnen könnte was zugestoßen sein. Mir war's doch, als hätten Sie zweimal geschrien!?"

„Ach nee – Ihnen war's so!? Wie heeflich! Das is aber jar nich neetij! Sie haben richtij jeheert! Und ich sag Ihnen, Sie wirden auch schrein, wenn Si vonne Wildsau inne eijne Sch . . . jestoßen wirden! Erbarmung – jeben Si her!"

Damit riß er mir förmlich die Flasche aus der Hand und tat einen langen Zug. Ich machte es ihm nach und nahm einen kräftigen Schluck, zündete dann eine zweite Zigarette an und schob sie ihm zwischen die Finger. Er führte sie hastig zum Mund und inhalierte tief. Als ich ihm nochmals das Fläschchen hinhielt, hob er abwehrend die Hand und sagte in einem völlig veränderten Ton: „Jetzt keiner mehr! Einer muß noch bleiben – zum Tottrinken! Nu suchen wir di Sau!"

So bestimmt und befehlend hatte ich meinen Begleiter noch gar nicht erlebt. Er fragte nicht einmal, ob „di Sau" getroffen sei. Das hätte mich stutzig machen müssen. Doch ahnungslos antwortete ich: „Aber, mein lieber Freund, das ist jetzt völlig sinnlos. Wir suchen morgen mit Hennigs Teckel nach. Das ist . . ."

„Schiet!" unterbrach er mich energisch. „Ich will dim Kujjel jetzt aufe Stell haben!"

„Und wie lange wollen Sie suchen?"

„Na, bis wir ihm haben!"

„Und wo wollen Sie suchen?"

„Im Wald natierlich . . ."

„Natierlich – natierlich! Aber wir vertrampeln doch alles!?"

„Sie vielleicht – ich nich!"

Damit schlich er an mir vorbei, drehte den Kopf nach allen Seiten und steuerte auf einen Verjüngungshorst los. Noch immer wußte ich nicht, was das bedeuten sollte.

„Erbarmung – nei! Da liejt der Kujjel ja schon!" trompetete Markus vor mir. Er war kein großer Schauspieler. Der Ausruf sollte höchste Überraschung ausdrücken; aber echt klang nur sein Triumph heraus. Augenblicklich war mir alles klar. Er hatte gesehen, wie der Überläufer in den Jungbuchen zusammenbrach. Nun, nach seinem Rein-, besser: nach seinem Dreckfall, gönnte ich ihm diesen Triumph von Herzen.

Eilig ging ich auf ihn zu, sah im Mondlicht das verräterische Glitzern in seinen Augen und sagte: „Mein lieber Markus, ich wollte mir baldmöglichst einen guten Hund anschaffen. Aber so lange Sie solche hervorragenden Verlorensuchen machen, ist das nicht unbedingt nötig. Waidmannsdank!"

„Oh, welche Ehre! Denn hoff ich auch, daß Si mich wie e Hund behandeln werden. Und hier is Ihr Bruch! Weidmannsjeheul!"

„Aber mein Guter! Das sollten Sie nun doch schon wissen, daß Buche nicht waidgerecht ist! Da müssen Sie sich leider bis zu den Fichten oder Eichen bemühen. Ich halte inzwischen die Totenwacht."

„Noch mehr Klimbim kennen Si wohl nich machen um so e Kujjelche?"

Er stakste davon, und ich lachte still hinter ihm her. In Anbetracht der vorgerückten Stunde machte ich mich sogleich an die rote Arbeit und war damit fast fertig, als Markus zurückkam.

„Ach nei, der Herr Jäjer macht di Arbeit janz alleine. Denn bin ich kinftich wohl ieberflissich wie e finftes Rad am Wagen?"

„Na, na, mein Bester! Sie haben heute doch wirklich genug geleistet, besonders als Schweißhund!"

„Heeren Si bloß mit dem bleden Hund auf! Sonst fang ich noch zu bellen und zu beißen an – Erbarmung! Hier is der Bruch."

„Waidmannsdank! Der ist richtig!" Ich schmückte meinen Hut mit dem Grün, zog die Flasche hervor und sagte: „Wie gut, daß Sie vorhin dankten! Jetzt haben wir tatsächlich noch 'nen Schluck zum Tottrinken."

„Na sehn Si! Wenn Sie nur immer auf mich heeren mechten!"

„Ich werde mich bessern! Prost, mein Guter!"

„Prost – der Herr Jäjer!"

„Und nun erzählen Sie mir ausführlich, was Sie am Hochsitz erlebt haben."

„Damit Sie sich ausfierlich dran weiden mechten!? Nei, nei – vielleicht e andersmal – heit nich mehr."

Ich legte dem Wutz noch mein Taschentuch aufs Blatt, und dann wanderten wir schweigend heimwärts.

Es mußte meinen Freund hart getroffen haben, denn er schwieg beharrlich weiter. Erst als sich unsere Wege trennten, fragte er noch mal: „Wissen Si eijentlich, daß morjen di Pächter kommen? Die werden sich frein."

„Worüber?"

„Na, daß si wieder e Kujjelchi vorfinden."

„So, so! Und Sie freuen sich natürlich über das fällige Festchen. Dann werden Sie ja auch Ihr heutiges Abenteuer erzählen?"

„Ach, heeren Sie doch endlich auf damit! Da is rein nuscht nich zu erzählen."

„Wir werden ja sehen! Waidmannsheil, lieber Jagdgehilfe!"

„Weidmannsjeheul – der Herr Jäjer!"

Die letzte Stichelei gehörte natürlich wieder ihm.

Wie es Markus gesagt hatte, trafen am nächsten Nachmittag die Jagdpächter mit ihren Ehefrauen und mehreren Gästen ein, und am Abend war wieder eine fidele Runde um den großen Hüttentisch versammelt. Muhle versorgte uns mit einer kräftigen Unterlage und Markus mit den scharfen Sachen. So waren alle Voraussetzungen für einen behaglichen und unterhaltsamen Abend gegeben.

Es ging auf Mitternacht zu, und die Stimmung schlug bereits muntere Wellen. Ich hatte Kasmeyer von dem wahrscheinlichen Ablauf des Dramas unter dem „Liebesnest" berichtet und ihm vorgeschlagen, unseren Freund

Markus zu einem „ausfierlichen Rapport“ zu animieren. Er war sofort einverstanden, zwinkerte mir zu und pirschte sich unauffällig an den fleißig Einschenkenden heran. Ich beobachtete, wie die beiden kurz hintereinander drei Steinhäger kippten und mit Bier hinunterspülten. Dabei war Markus schon sehr aufgeräumt.

Dann stand Kasmeyer auf und kündigte mit seiner Donnerstimme an: „Liebe Waidgenossen und Freunde, derweil wir hier versammelt sind, hochlöblichen Brauch zu pflegen und einem mit sauberer Kugel gestreckten, im Keller wohlversorgten Wutz zünftig totzutrinken, wollen wir auch des Waidwerks erregenden Ablauf aus berufenem Munde erfahren. Unser lieber Schenk-uns-ein erlebte das Drum und Dran mit heißem Herzen mit. Er wird uns nun die nächtliche Jagd in bunten Bildern schildern.“

„O ja, das ist eine feine Idee!“

„Bitte, Herr Markus, erzählen Sie.“

Der Angesprochene reckte sich zu einsamer Höhe empor und hub also an: „Na scheen! Ich weiß ja man schon! Ihr wollt Eich wieder mal ieber mich lustich machen. Jut, ich hab nuscht nich dajejen! Aber hoffentlich bleibt Eich nachher di Luft nich wech! Doch janz zuerst muß ich e kleine Einleitung jeben: Wenn einer hier meint, der Markus merkt nuscht nich, wer das hier anjestochen hat, dann irrt der sich jewaltichlich! Nu kennt ich ja dim Spieß umdrehen und sagen, daß, wenn der feine Herr Jäjer das winscht, dann soll er doch selber erzählen! Aber erstens kann er das nich – der kann man bloß von hinten sticheln –, und zweitens bin ich e Jemietsmensch, der wo auch was fier seine Jeste tut."

„Bravo, bravo! Es lebe Freund Markus!"

„Prost, mein lieber Markus!"

„Prost, mein lieber Kleinkopf! Und nu heert weiter zu! Der feine Jäjer und ich jingen also jestern aufe Mondscheinjagd. Er klettert auf dim Eichenhochsitz, und mich schickt er aufis Liebesnest – Ihr wißt doch, wo dis Pärche vorm Jahr die Techtelmechtel . . ."

„Erbarmung – nei . . .", ruft jemand dazwischen.

„Schschscht! Ruhe! E Pulle Puschkin wollt er ausjeben, wenn is wieder besetzt wär – aber war nich – leider! Bevor ich raufklettert', schmiß ich e Steinche jejen di Kanzel. Doch da rejt und riehrt sich nuscht nich. Ich denn also rauf und huck mich hin und jenieß di Romantik und kick dim Mond zu, wie er zwischen di hauchzarte Wolkenschäfchens flaniert und mit ihne poussiert, kick zwischendurch auch nach unten und ieberall hin und horch nach alle Seit, ob nich wo die Sauen kommen. Na ja, so verjeht denn auch di Zeit: eine und noch e Stundche. Allmählich wird di Bank immer härter, und di Romantik bietet auch nuscht Neies nich, und wie ich denk, nu kennt der feine Jäjer endlich kommen, da verspier ich doch janz pletzlich e menschliches Riehren inne Steißjejend . . ."

„Steißgegend ist gut – ho, ho, ho."

„Schschscht! Ruhe, Wie ich nu ieberlej, ob ich jleich dim innern Drange folgen oder noch e bißche einhalten soll – weil mich doch der feine Jäjer anjewiesen hatt', partout im Nest zu bleiben –, da heer ich doch vonne Suhl her janz aufrejende Jereische! Erbarmung! denk ich, das sind di Kujjels! Is man bloß jut, daß du oben jeblieben bist! Aber wie di Jereische stärker werden, wird auch der Druck inne jenannte Jejend immer stärker! Erbarmung! Denk ich, jleich jiebt is e Explosion! Um das zu verhieten, baum ich janz schnell ab, reiß di Bixen runter – da donnert is auch schon los wie e Jewitter . . .“

„Huuuch . . .“

„Schschscht! Ruhe! Is donnert also! Na, denk ich, wenn das di Kujjels aushalten, denn missen si schweeheerich sein. Ich fiehl mich nu herrlich erleichtert und such inne Taschen nachis Papier, wo ich fier solche Ieberraschungen immer mitnehm – da kracht links e Schuß wie e Donnerschlag! Erbarmung! denk ich, der schießt dich doot! Der denkt, du bist e Sau! Deshalb schrei ich los, damit er weiß, da huckt e Mensch – und im selbichten Moment prasselt e schwarze Hord auf mich los – zwei fejen links, drei rechts vorbei – und denn seh ich einem inne Rauschen rutschen – und denn isis pletzlich schwarz vor mir – ich kriej e Stoß – kipp nach hinten ieber – spiehr is am Spiejel warm und weich – Erbarmung – nei . . .“

Die Hütte hatte schon manches erlebt – aber jetzt erbebte sie bis in die Grundfesten von donnerndem Getöse. Als die Gesellschaft allmählich ermattete, meinte Kasmeyer, noch

ziemlich außer Atem: „Kinder, das ist ja grausam – woll? Vor dem Schluß der Geschichte müssen wir uns noch mal stärken! Prost!“

„Prost! Prost! Prost!“

„So, Markus, weiter!“

„Erbarmung! Ihr seid aber auch kein bißche diskret nich. Na jut, ich erzähl zu Ende! Jlicklicherweis erwischt’ ich beim Eintauchen e Fosten vom Hochsitz und rappel mich hoch. Und jlicklicherweis hatt’ ich e ziemlich langes Stick Klopapier einjesteckt. Aber trotzdem reicht’ is nich aus, und ich mußt’ zum Nachputzen das scheene frische Taschentuch benitzen, wo di Muhl mir mitjejeben hatt’. Erbarmung! Ich hab is jleich mit allem andern mitverscharrt . . .“

Noch einmal wurde der Sprecher von einem wahren Heiterkeitsorkan unterbrochen, ehe er fortfahren konnte: „Na ja, und denn kam der Herrenjäjer anjejangen und stellt’ dusliche Fragen, warum ich wie anjenagelt steh und so. Aber er wußt’ nich, wo sein Kujjel jeblieben war. Dem mußt’ erst sein Jagdjehilfe finden!“

„Das stimmt! Ich brauche gar keinen Jagdhund!“ bekräftigte ich seine Worte.

„Erbarmung! Fängt er schon wieder mit dem Keeter an . . .“

Aber Kasmeyer ließ die weitere Hänselei nicht zu, sondern stand wieder auf und kommandierte: „Unserm Saufinder

‚Mark von der Hütt' – ein dreifach-donnerndes Horrido – joho! Horrido – joho! Horrido – joho!" Begeistert stimmte die Runde ein, und Markus war kein Spielverderber. „Hau, hau, hau – hau, hau, hau" – imitierte er Kasmeyers Hasso so naturgetreu, daß kein Auge trocken blieb.

Trockengesetzt wurden dagegen beinahe die Gastgeber, deren flüssige Kellervorräte in dieser Nacht beängstigend zusammenschrumpften.

Die unerschrockene Treiberin

Es war an einem wunderschönen Sonntag in der ersten Septemberhälfte. Nach dem Gewitterregen am Vormittag wehte die Luft so erfrischend und rein, daß meine Frau vorschlug, einen Waldspaziergang zu machen. Ich war sofort einverstanden, nahm aber für alle Fälle das Glas, den Karabiner und eine Handvoll Patronen mit. Sonntäglicher Friede und leuchtender Sonnenschein lagen auf den reifenden Getreidefeldern, durch die wir gemächlich zum Bergwald hinanstiegen. Auf dem breiten, bewachsenen Randweg, der um die bewaldeten Höhen herumführte, trafen wir Muhle an, die ebenfalls durch das schöne Wetter aus der Jagdhütte herausgelockt worden war und nun auf dem grünen Rasen lustwandelte.

Schon von weitem begrüßte sie uns in ihrer gemütlich-freundlichen Art: „Na Kinnersch, sieht man Eich endlich emal zusammen? Wo wolllt Ihr denn hin? Scheenen juten Tach auch!“

„Guten Tag, Frau Markus! Ich habe meinen Mann zu einem Spaziergang überreden können. Kommen Sie ein Stückchen mit?“

„Aber nichts lieber als das! Ich warte ja direkt auf e bißche Jesellschaft. Mein Alter war doch nich zu bewejen, di Gartenbank zu verlassen; der schmökert wieder in seine Illustrierten rum.“

So wanderten wir zu dritt über die ausgebaute Waldstraße, die zunächst durch riesige Fichtendickungen führte. Während sich die Damen über die neuesten Ereignisse im Städtchen unterhielten, schaute ich nach rechts und links in eine der breiten Schneisen hinein, die nicht nur als Abteilungsgrenzen, sondern gleichzeitig als Feuerschneisen dienten. Mir verschlug es fast den Atem! Da wechselte am hellichten Tage, etwa 150 Meter entfernt, eine sehr starke Rotte Sauen von links nach rechts über die Schneise.

„Donnerwetter!“ entfuhr es mir.

Meine Frau hörte das und wandte sich zurück mit der Frage: „Na, was hast du denn da so Interessantes entdeckt? Vielleicht die Waldfee persönlich?“

„Donnerwetter, wenn ich jetzt zwei, drei Waldarbeiter zur Hand hätte!“ sprach ich halblaut zu mir selbst und ignorierte die Waldfee.

„Aber nu dricken Sie sich doch deitlicher aus!“ mischte sich jetzt auch Muhle ein. „Was ham Sie denn bloß jesehen?“

„Sauen, Frau Markus! Sauen! Zwanzig Sauen stecken in der Dickung – und ich habe keinen Treiber zur Verfügung."

„Na, vielleicht kennen wir helfen? Ich stelle mich jern zur Verfiejung!"

„Was? Sie wollen durch die feuchte Dickung gehen? So in Ihrem Sonntagsstaat?"

„Ach, mit dem Staat isis halb so schlimm. Heechstens der neie Rock kennt' 'was leiden. Aber dem steck ich inne Bichs, und denn isis jut!"

Ich wollte meinen Augen nicht trauen, als Muhle ihren Worten sogleich die Tat folgen ließ. Sie schlug den Rock hoch und stopfte ihn tatsächlich in ihre merzerisierte, hellgrüne Baumwollhose hinein. Das ohnehin prall sitzende Kleidungsstück wurde dadurch noch mehr angespannt, hielt aber der zusätzlichen Belastung stand, und lediglich ein paar kleine Ausbuchtungen verunzierten die vorher glatten Rundungen ein wenig.

„Aber Frau Markus . . ." sagte lachend meine Frau, die auch ein bißchen überrascht war.

„Ach, Sie meinen wejen Ihrem Mann? Da hab ich keine Bedenken nich. Di Jäjer sind noch janz andere Sachen jeweehnt! Un wenn wir helfen sollen – denn so, wie is am besten jeht."

„Ganz recht, Frau Markus! Zu einem Treiber paßt die Büchs viel besser als der Rock. Jetzt sehen Sie erst zünftig aus!“ pflichtete ich ihr bei, mühsam das Lachen verbeißend.

Meine Frau war von den bevorstehenden Treiberdiensten nicht sonderlich begeistert: „Das soll nun ein Spaziergang sein!? Ich verspüre keine Lust auf die Dickichtkriecherei.“

Doch Muhle überwand auch dieses Hindernis spielend: „Natierlich machen Si mit! E richtje Jäjerfrau läßt doch ihrem Jötterjatten bei so e jroße Chanc' nich im Stich!“

Sie hob einen langen Stock auf, brach ihn mit energischem Ruck mittendurch, drückte eine Hälfte meiner Frau in die Hand und sagte bestimmt: „So, wir beide sind bereit!“

Schon wegen dieser rührenden Hilfsbereitschaft von Muhle fühlte ich mich verpflichtet, die etwas ungewöhnliche Drückjagd zu starten. Da meine Frau sich nicht „umzuziehen“ brauchte, weil sie eine Cordhose trug, konnte es gleich losgehen.

„Also passen Sie auf, meine Damen! Dort oben steht ein Hochsitz am Wildwechsel. Auf den steige ich in sieben bis acht Minuten hinauf; dann marschieren Sie los. Frau Markus, Sie bitte, da von der kleinen Lärche, und du, Schwälbchen, dort von dem großen Stein aus. Immer nur den Fichtenreihen folgen, hübsch langsam und leise. Bis zur Schneise am oberen Ende. Das ist alles.“

„Wenn weiter nuscht is! Die Kleinichkeit besorjen wir spielend“, antwortete Muhle unternehmungslustig.

„Das ist großartig! Waidmannsdank, meine Damen!“

„Waidmannsheil! Un schießen Si bloß nich vorbei!“ rief mir die brave Frau mit erhobenem Finger noch nach.

Ich winkte kurz zurück und eilte die breite Schneise hinauf bis zum Ende der Abteilung, bog dann nach rechts ab, erreichte nach sechzig, siebzig Gängen den Hochsitz, stieg hinauf und machte mich schußfertig. Knapp acht Minuten waren vergangen. Nun würden sich drüben meine Treiberinnen in Bewegung setzen. Große Hoffnung auf einen Erfolg hatte ich nicht; aber ganz aussichtslos war die Sache auch nicht. Warum sollte sich von annähernd zwanzig Sauen nicht eine in meine Nähe verirren? Im Augenblick konnte ich nichts anderes tun, als geduldig zu warten.

Gleich einem grünen Meer dehnten sich ringsum die großen Dickungen. Es handelte sich um einen Fichtenjungholzkomplex von über einhundert Hektar. Er war der Tageseinstand eines starken Schwarzwildbestandes. Warmer Sonnenschein lag über dem weiten, leicht gewellten Plan. An mehreren Stellen quollen Dampfschwaden empor, stiegen hoch und verflüchtigten sich. Unter dem blauen Himmel glitten in pfeilschnellem Flug zahlreiche Mauersegler dahin; es schien, als führten sie mir zur Freude ihre Flugkünste vor.

Aber ich sah ihnen nur eine kleine Weile zu. Dann war meine ganz Aufmerksamkeit auf die Schneise, den Wechsel und auf eine Blöße gerichtet, die ich von hier oben gut einsehen konnte. Der Karabiner lag auf der Brüstung, das Glas neben mir auf der Bank. Zum langen Ansprechen würde kaum Zeit sein. Ich wollte möglichst eines der schwächsten Stücke schießen, und dazu brauchte ich kein Glas.

Die Zeit verstrich. Nichts regte, nichts rührte sich. Klappte meine Drückjagd nicht? Eigentlich mußten die beiden Treiberinnen doch schon in meiner Nähe sein. Ob sie von der Richtung abgekommen waren? Vielleicht aber kamen sie auch nur sehr langsam in dem unwirtlichen, noch feuchten Tann voran? Das war schließlich keine Frauenangelegenheit. Ohne Muhle hätte ich den Versuch überhaupt nicht unternehmen können.

Ununterbrochen sangen die Vögel ihre munteren Weisen, kreisten die Mauersegler; sonst herrschte weiterhin friedliche Sonntagsstille. Nichts deutete auf eine Störung hin. Aber da – am Rande der Blöße schob sich ein schwarzgrauer Kopf aus dem dichten Gezweig – ein Körper – und gleich darauf ein zweiter! Und schon wechselten zwei Überläufer über die freie Fläche! Die erste Gelegenheit soll der Jäger nützen – augenblicklich folgte der Lauf dem zweiten, schwächeren Wutz, der Zielstachel tauchte ins Blatt, der Finger rührte den Abzug an – im peitschenden Knall brach das Stück zusammen und schlegelte wild.

Während ich repetierte und sofort wieder in Anschlag ging, prasselte und polterte es mächtig in der Dickung. Dann gellte ein Schrei durch den Wald. Danach war es totenstill. Auch der Wutz rührte sich nicht mehr.

Ich entlud den Karabiner und zündete mir eine Zigarette an. Während ich genießerisch den ersten Zug tat, raschelte es erneut am Rand der Blöße. Instinktiv fuhr die Hand zur Waffe; aber im selben Augenblick wußte ich, daß da kein Wild war. Das Rascheln wurde von einem menschlichen Laut, einem deutlichen Ächzen, übertönt. Dann schob sich durch das dunkelgrüne Zweiggewirr nach und nach das gewaltige, hellgrüne Hinterteil meiner Muhle hindurch. Offenbar war sie durch den tiefen und sehr dichten Trauf des Blößenrandes beim Vorwärtsgehen nicht hindurchgekommen und hatte sich einfach umgedreht und in tiefgebückter Haltung das Hindernis bezwungen. Wie das Heck eines rückwärts fahrenden Schiffes die Meereswogen, so hatte Muhle mit ihrem Achtersteven die grünen Wellen des Dickichts zerteilt. Zahlreiche dunkle Flecke verrieten, daß das brave Beinkleid nicht ganz trocken und sauber geblieben war.

„Puh!“ machte Muhle, sich aufrichtend und ihre Umgebung musternd. Dabei gewahrte sie den Überläufer, stutzte, schaute nach oben und entdeckte nun auch den Schützen auf dem Hochsitz. Sie war nach wie vor völlig unbefangen und sprudelte sofort los: „Na, das hat sich doch wahrhaftig jelohnt! Mein herzlichstes Weidmannsheil auch!“

„Meinen herzlichsten Waidmannsdank auch, Frau Markus! Das haben Sie ganz ausgezeichnet gemacht, besser als der beste Treiber!“

„Nu lassen Si man Ihre Lobhudelei. Das war sicher nur Zufall, daß di Sau hier rauskam. Ich hatte Mieh, mich durchzuarbeiten.“

„Dann ist es um so erstaunlicher, daß Sie die Richtung so gut gehalten haben. Aber warum schrien Sie denn nach meinem Schuß?"

„Ich weiß nich, wer da nich jeschrien hätt! Nachm Knall rasten auf einmal sieben bis acht Sauen janz dicht an mir vorbei. Die eine hat mich am Knie jestreift – und da hab ich denn jeschrien."

„Jede andere Frau wäre sicher in Ohnmacht gefallen! Nur gut, daß nichts passiert ist! Dort kommt meine Frau heraus; so ist ja alles in bester Ordnung."

„Hallo, Schwälbchen!" rief ich hinüber, drückte die Zigarette aus und stieg vom Hochsitz hinab.

„Das nächste Mal nimmst du doch lieber Waldarbeiter. Das ist ja pure Schinderei in dem dichten Zeug!" schimpfte meine Frau. „Hast du wenigstens eine Sau geschossen?"

„Wenigstens – ja, mein Liebling. Sie liegt in der Nähe, und Frau Markus ist auch schon da."

Dann standen wir neben dem Überläufer, und ich erhielt von meiner leidlich versöhnten Lebensgefährtin einen schweißgeröteten Fichtenbruch. Während sich dann die Damen von den Attributen der Dickung säuberten und ihre strapazierten Frisuren so gut wie möglich in Ordnung brachten, versorgte ich den Wutz, zog ihn unter eine Fichte und legte mein Taschentuch drauf. So konnte er ungefährdet bis zum anderen Morgen liegen bleiben.

Wieder ergriff nun Muhle die Initiative: „Dem Spazierjang brauchen wir nach dieser Einlage ja wohl nich mehr fortzusetzen. Ich habe jeheerichem Kaffeedurst bekommen, un umziehen muß ich mich auch. Wir jehn jetzt zur Hitt; ich mach uns e juten Kaffee, un mein Alter hat sicher e ebenso jutes Fläschche im Keller. Der wartet nur auf einen Jrund, es raufzuholen."

Wir nahmen die Einladung dankend an und marschierten auf kürzestem Wege in Richtung Jagdhütte. Muhle ging in ihrem „Treiberanzug" ungeniert vor uns her. „Si missen meine Aufmachung entschuldjen; aber ieber dim Rock is di nasse Hos erträchlicher als umjekehrt."

Nach etwa zwanzig Minuten erreichten wir die Hütte. Als der „Hausherr" seine bessere Hälfte in dem Aufzug sah, schlug er die Hände über dem Kopf zusammen und rief: „Erbarmung – jetzt hat si tatsächlich 'nen Sonnenstich!"

Aber Muhle blieb auch davon gänzlich unbeeindruckt. „Nu alarmier man nich jleich die Feierwehr! Bejrieß lieber deine Jäst un biet ihnen 'ne Erfrischung an. Ich zieh mich schnell um un brieh Kaffee auf."

So kam es, daß unser Spaziergang in eine erfolgreiche Saujagd überging und in einer sehr gemütlichen Jagdhüttenrunde seinen Ausklang fand. Ich glaube, daß uns ein kleiner Schwips begleitete, als wir endlich Arm in Arm zu unserem Städtchen hinabpilgerten.

Noch ’n Schlag vom alten Borg

Die Jagdhütte sollte ihren großen Tag haben. Zwanzig Jahre lang stand sie nun schon unter den mächtigen Altbuchen am Waldrand, und die Jagdpächter wollten hier auch das zwanzigjährige Jagdjubiläum zünftig feiern. Insgesamt zwanzig Personen sollten am frühen Nachmittag eintreffen, gemeinsam Kaffee trinken und sich dann auf die Hochsitze des Revieres verteilen, um eine große Wildbeobachtung und -zählung durchzuführen. Frau Markus war die Zubereitung des Festessens übertragen worden, dessen Kernstück ein feines Wildschweinragout bilden sollte. Es war alles aufs beste vorbereitet. Ich hatte rechtzeitig einen Überläufer geschossen, dessen dreißig Pfund reines Wildpret in der Tiefkühltruhe gut aufgehoben waren.

Als ich am Jubiläumstage gegen Mittag zur Jagdhütte fuhr, um noch einige Kleinigkeiten hinaufzubringen, kam mir Frau Markus so aufgeregt entgegen, wie ich es an ihr überhaupt nicht kannte. Ohne jede Begrüßung empfing sie mich mit den Worten „Herrjeh, herrjeh – es ist was Schreckliches passiert! Si missen mir helfen!“

„Na, na, Frau Markus, so schrecklich wird es doch nicht sein. Erzählen Sie.“

„Ja, heern Si bloß zu: Ich lej jestern abend di Sticker vons Wildschwein fein seiberlich aufe Bank zum Auftauen, um si heit weiter zu bearbeiten. Is war auch alles scheen un jut. Ich hatt’ mir di Arbeit jenau einjeteilt, und is wär auch alles jlatt jejangen, wenn nich schon um zehne rum der Kasmeyer und der Kottmann mit ihre Hund jekommen wären. Sie wollten e Inspektionsjang machen und di Kanzeln kontrollieren, damit ja nuscht nich passieren kennt am Nachmittag. Is wär ja auch so weit so jut jewesen, wenn si di Keeters mitjenommen hätten. Aber nei, die missen inne Hitt bleiben, weil si beie Arbeit steern kennten – son Bleedsinn! Na, ich kimmer mich nich umme Kerls un nich umme Hund; ich hab ja Arbeit jenuch. Aber denn muß ich doch schnell mal verschwinden und denk nich anne Keeters. Unjlicklicherweis dauert di Sitzung e bißche länger als jedacht, un wie ich zurickkomm, is bloß noch e kimmerlicher Rest vons scheene Rajuhfleisch iebrich! Was sagen Si nu?"

„Donnerwetter! Das ist in der Tat ein böser Schlag! Wie soll ich da helfen?"

„Heern Si, wir missen di Jesellschaft betriejen! Un dazu brauch ich Sie als Komplize."

„Mit dem größten Vergnügen, Frau Markus! Wie ist ihr Plan?"

„Janz einfach! Si missen mir schleinichst zwanzich Pfund jeweenliches Schweinefleisch von Handtke raufholen. Zwei Sticker haben die Keeters noch iebrich jelassen. Die nehm ich dazu un mach e Rajuhche, wonach si sich die Finger lecken un nuscht nich merken werden. Is jeht bloß noch umis Bezahlen, verstehen Si?"

„Deswegen keine Sorge, Frau Markus! Bei der nächsten Sau, die Handtke bekommt, berechne ich ihm die zwanzig

Pfund weniger. Das geht zu Lasten der Jagdkasse, und das Problem ist gelöst.

„Mein Jott, Sie sind e Engelche! Dafier kriejen Sie heit abend e Doppelportsjon!“

„Vielen Dank! Aber Ihre einfachen Portionen sind ja nicht zu verkraften. So, dann will ich mich beeilen, damit uns der Kasmeyer nicht überrascht.“

„Ach ja! Und scheenen Dank auch!“

Der Metzgermeister Handtke war sofort mit meinem Vorschlag einverstanden und händigte mir zwanzig Pfund vom allerbesten Ragoutfleisch aus. Zehn Minuten später übergab ich es der tüchtigen Köchin in der Jagdhütte und verschwand sofort wieder. Meine Frau amüsierte sich köstlich über das Betrugsmanöver, an dem sie ja auch noch mitwirken sollte.

Vier Stunden später saßen wir an der langen Kaffeetafel im Garten der Jagdhütte. Die Gesellschaft war vollzählig und in bester Stimmung. Kasmeyer hielt eine launige Begrüßungsansprache, das Gebäck stammte aus einer erstklassigen Konditorei, und Muhle brachte ihren herrlich duftenden, schon berühmt gewordenen guten Kaffee herbei. Warmer Sonnenschein und ein vielstimmiges Vogelkonzert erhöhten die festliche Freude. Meinem Freund Markus machte es offensichtlich Vergnügen, Zigarren und Zigaretten, Kognak und Likör herumzureichen.

Dann aber gab Kasmeyer das Zeichen zum Aufbruch, und in kleinen Gruppen zog die Gesellschaft los, um von den

Jägern zu den Hochsitzen geführt zu werden. Einige Damen wollten zurückbleiben, um in der Küche zu helfen, wurden aber von Muhle ebenso freundlich wie bestimmt abgewiesen. Nur das Anerbieten meiner Frau, ihr ein wenig zur Hand zu gehen, nahm sie dankbar an. Markus tat sich sehr wichtig mit dem Wegräumen von Gläsern, Flaschen und Aschenbechern, mit dem Rücktransport der Stühle in die Hütte und mit dem Kaltstellen der angebrochenen oder vollen Flaschen im eiskalten Bergquell, der unweit des Gartens in eine runde Fassung sprudelte.

Ich hatte nicht die geringste Lust verspürt, mich der lauten Gesellschaft anzuschließen, sondern mir ein Plätzchen in der Hütte gesucht und noch eine Tasse Kaffee geben lassen. Es machte mir einen Riesenspaß, als stiller Beobachter an der „betriejerischen Zubereitung des Rajuhchens“ teilzunehmen und mich der – im wörtlichen wie im übertragenen Sinne – würzenden Beigaben von Muhle zu erfreuen. Ich sah zu, wie die Frauen das Fleisch in kleine Stücke schnitten, es salzten und kurz, aber scharf anbraten ließen. Dann betätigte Muhle mit geübter Hand den Paprikastreuer und stäubte einen Eßlöffel Zucker darüber. Es brutzelte und bräunte wunderbar und duftete bereits sehr appetitlich.

„Kinnersch, wenn Ihr nuscht nich verratet, denn will ich Dorothea heißen, wenn einer von di ‚Kenner‘ was merkt“, meinte Muhle gutgelaunt und rührte emsig in ihren riesigen Töpfen. „Hier fehlt noch e Priesche Paprika – so, jetzt hat's di richtje Schärf!“

„Du liebe Güte, Frau Markus, wird das nicht zuviel des Guten?“

„Nur keine Bange nich! Wir machen zwei Sortimentchen, verstehen Si? Ein mildes fier die Damens un ein scharfes fier die versoffnen Kerls.“

„Oh, oh!“ räusperte ich mich vernehmlich in meiner Ecke.

„Sie sind natierlich nich jemeint! Versteht sich! Sie kriejen was fons Damenteil.“

„Ollalalla, da ziehen sich mir jetzt schon sämtliche Geschmacksfäden im Munde zusammen.“

„Papperlapapp! Jetzt noch e bißche Pfeffer fiere Tunk! So – dazu noch e Leffelche Jehannesbeerschillee! Ja – nu e halbes Glasche saurem Schmand! Un zum Schluß noch e ordentlichen Schuß Tomatenmark! Un nu, meine Lieben, kosten Si mal!“

„Ja, sehr pikant!“ lobte meine Frau. „Ich würde noch etwas Rotwein dazugeben; der gibt einer Wildpretsoße den letzten Pfiff.“

„Natierlich, natierlich! Denn wird di Teischung vollkommen sein! Alter, hol e Buddel Rotwein rauf!“ wandte sich Frau Markus an ihren Mann, der im richtigen Augenblick hereinkam.

„Erbarmung! Man kommt ja kaum zum Luftholen! Wer will denn jetzt dim Rotwein trinken?“

„Frag nich so albern! Der kommt inne Tunk. Beeil dich!“

„Is wird immer verrickter – Wein inne Tunk!?“ brummte Markus, machte aber gehorsam kehrt und stieg in den Keller hinab. Schnaufend kam er mit einer dickbauchigen Flasche zurück.

„So! Un jetzt raus mit eich Männersch! Wir missen dim Tisch decken!“ kommandierte Muhle.

Markus nahm schnell zwei Weingläser an sich, winkte mir und verließ den Raum. Ich nickte den Frauen zu und folgte ihm. „Jetzt machen wir is uns jemietlich! Ich hol was vom Kaltjestellten!“ sagte er zwinkernd, setzte die Gläser auf den Gartentisch und ging zur Quelle. Mit einer Flasche Mosel kam er wieder, ließ den Korken springen und das edle Naß in die Gläser rinnen. Wir tranken, rauchten, plauderten. Mein Gegenüber bestritt den weitaus größten Teil der Unterhaltung; ich kam nur selten zu einer Frage oder Randbemerkung. Er schwärmte vom schönen Ostpreußenland und „den leckeren Marjellchens vom Memelstrand“. Die Zeit verging wie im Flug. Mit der Dämmerung kamen auch die ersten Ausflügler zurück, hänselten uns mächtig ob unserer Faul- und Versoffenheit und erzählten von ihren Beobachtungen, wobei sie uns gehörig Jägerlatein auftischten.

Als wir dann die Hütte betraten, hatte sich der lange, einfache Holztisch in eine blütenweiße Festtafel verwandelt. Der Schein von zwanzig großen Kerzen und das Funkeln der Gläser schufen eine fast feierliche Stimmung. Aber Muhle hatte im Augenblick anderes im Sinn als eine feierliche Stimmung. Da sie bereits mit allem fertig war, kommandierte sie sofort: „Bitte di Herrschaften, nich lange rumzustehn! Wer dis Bedirfnis hat, sich die Händ zu waschen – hier is Wasser und Seif. Di Iebrijen bittscheen jleich Platz zu nehmen! Wir tragen jleich auf.“

Die gefüllten Pasteten als Vorspeise mundeten vorzüglich. Eine wahre Lobeshymne aber erhielt der duftende Hauptgang! Vor allem die Jäger priesen das „raffiniert-pikante Wildschwein-Ragout'chen“ über alle Maßen. Immer wieder stießen sie mit Muhle an, die gar nicht merkte, daß sie sich einen kleinen Schwips antrank. Ihre von Herd, Arbeit und Eifer ohnehin geröteten Wangen glühten. Sie prostete dankend zurück und sagte lachend: „Das freit mich aber! Jreifen Si nur tichtig zu! Ich sorj fier Nachschub.“

Als sie zum dritten Mal freudestrahlend und schwungvoll mit der gefüllten Schüssel zum Tisch kam, passierte es. Der Drahthaarrüde von Kasmeyer hatte bis dahin satt und zufrieden im Vorraum gelegen, nun war er durch die angelehnte Tür hereingekommen, um den verlockenden Düften nachzuspüren. Muhle bemerkte ihn in ihrem Eifer nicht. Mit der beachtlichen Schubkraft ihres respektablen Gewichtes stolperte sie über ihn und fiel auf den herumfahrenden Gastwirt Krause. Der versuchte noch, sie aufzufangen, wurde aber von ihrer Körperfülle zugedeckt und gegen die Tischkante gedrückt. Im letzten Augenblick hatte Muhle die Schüssel mit dem heißen Inhalt hochgerissen. Zwar schwappte ein Schuß Tunke auf die weiße Tisch-

decke, aber das Gefäß hielt die brave Frau eisern fest und rief verzweifelt: „Di Schissel, di Schissel!“

Das rüttelte die Nachbarn aus ihrer Erstarrung auf. Sie faßten zu, nahmen ihr die Schüssel ab und wuchteten Muhle von dem Gastwirt herunter, der unter ihrem mächtigen Busen fast erstickt wäre, nach Luft schnappte und sich mühsam hochrappelte. Wer nun dachte, daß Muhle verlegen oder gar schockiert sein würde, hatte sich geirrt. Sie bekam den Handfeger zu fassen, ging auf den Hund zu, der nicht recht wußte, wie ihm geschah, und rief erbost: „Du Biest, willst wohl noch dim zweiten Kujjel fressen!?“ und gab ihm einen kräftigen Schlag auf die Keulen.

Erschreckt und aufjaulend sauste Hasso unter den Tisch und dort durch die Beine der empfindlichen Zahnärztin Kallmann hindurch. Die Dame fuhr schreiend in die Höhe, stieß dabei ihr halbvolles Weinglas um und wollte auf den Stuhl hinaufsteigen. Nur mit Mühe konnte ihr Nachbar das verhindern und sie beruhigen.

Die übrige Gesellschaft aber tobte vor Vergnügen und ließ Muhle als die „Unterhaltungskanone des Abends“ hochleben. Sie lachte schon wieder und beseitigte die Spuren. Als sich der Heiterkeitssturm etwas gelegt hatte, fragte Kasmeyer mit forschender Stimme: „Nun sagen Sie mir, verehrte Frau Markus, was hat mein Hasso da gefressen?“

Die Tischrunde warf auf! Richtig, das war ja der Grund für den Zorn der Köchin gewesen. Muhle stutzte auch eine Sekunde lang – wahrhaftig, sie hatte sich verplappert!

Vielleicht hätte sie zu einer anderen Zeit eine Notlüge erfunden; aber in ihrem Schwips war sie viel zu bequem dazu und vielleicht sogar stolz auf ihre Kunst, die „Kenner“ gründlich getäuscht zu haben. Als wär’s eine Sache, die eigentlich schon alle hätten wissen müssen, sagte sie in gelassenem Ton: „Na ja, dim Kujjel, di scheensten Sticker vonim Frischling, wovon ich dis Rajuh machen wollt’.“

Die Gesichter ringsum sahen nicht gerade sehr geistreich aus. Kasmeyer polterte ziemlich fassungslos: „Aber wir haben doch eben ein ganz vorzügliches Ragout gegessen!?“

„Freit mich sehr, daß Si ‚vorziechlich‘ sagen – aber is war nich vonne Wildsau!“ antwortete Muhle gleichmütig.

„Von welcher Sau denn?“ fragte Kasmeyer weiter, und das war beinahe schon ein Schreien.

„Na, von dim alten Borch, wo der Handtke jestern jeschlacht’ hat!“ gab Muhle nun ebenso laut zur Antwort.

Sekundenlange Verblüffung – dann krachten Lachsalven durch den Raum. Man stampfte mit den Füßen, trommelte mit den Händen auf der Tischplatte, daß die Gläser tanzten, und man ließ Muhle aufs neue hochleben. Auch Kasmeyer lachte dröhnend, schüttelte unaufhörlich sein Löwenhaupt und meinte schließlich ungläubig-anerkennend: „Wenn das Ragout vom Eber stammt, kann unsere Köchin zaubern! Auf jeden Fall geben Sie noch ’nen Schlag vom alten Borg!“

Er erntete einen Beifallsorkan. Und plötzlich wiederholte jemand die letzten Worte, und augenblicklich jubelte die ganze Runde spontan: „Noch 'nen Schlag vom alten Borg! Noch 'nen Schlag vom alten Borg!“

Unerschüttert und schmunzelnd bediente Muhle ihre Gäste. Als sie zu dem etwas lädierten Gastwirt kam, fragte sie ihn mütterlich-besorgt: „Na, Herr Krause, ham Si dim Schreck inne Abendstund noch nich verkraftet?“

„Schreck hin – Schreck her! Aber morgen hab' ich ein Schwellpaket im Genick.“

„Jedulden Si sich bis nachher! Denn massier ich Ihrem Knubbel wech! Mit Kampfer – wissen Si . . .“

Souverän setzte Muhle ihren Rundgang fort, begleitet von fröhlichen Zurufen und Witzeleien auf das Eber-Ragout. Zwar verlangte man spaßeshalber immer noch einmal „'nen Schlag vom alten Borg“ – aber ganz leer wurde die Schüssel nicht.

Heinemann und Hegerich

Hirschjagd mit Hindernissen

Im Bergwald hatte die Hirschbrunft begonnen. Ein erster imposanter Schrei hallte von den Höhen ins Tal hernieder. Der Jagdaufseher Hegerich hatte diesen Schrei vernommen, als er und seine Frau das Jagdhaus für den bevorstehenden Besuch des Jagdpächters Heinemann herrichteten. Wenn das Wetter so anhielt, versprach's eine sehr gute Brunft zu werden. Der Abend war klar, windstill und schon recht kühl. Entsprechend der getroffenen Vereinbarung rief Hegerich den Jagdherrn sofort an, der jedes Mal traditionsgemäß, sofern ihn nicht gerade „eine höhere Gewalt" daran hinderte, bereits am nächsten Tage zur Hirschjagd eintraf. Auch diesmal sagte er sogleich zu: „Jawoll, läßt sich einrichten! Morgen zum Nachmittagskaffee bin ich da."

Nach dem Gespräch hatte Hegerich keine rechte Lust mehr zu häuslicher Arbeit. Er zündete sich sein Pfeifchen an und überlegte. Der Hirsch hatte nicht auf einem der Hauptbrunftplätze, sondern viel höher in der Bergwand geschrien, etwa in der Gegend des „Weihenkopfes". Das entsprach nicht dem gewohnten Anfang der Brunft, und Hegerich fragte sich, ob da oben ein hitziger Fremdling aufgetaucht sein mochte.

Am nächsten Morgen stieg er vor Tau und Tag zur Bergwand hinauf, um die Lage zu erkunden. Ein phantastischer Brunftbetrieb überraschte ihn. Es war, als hätte der Ruf am Abend zuvor die volle Brunft entzündet. Das Orgeln von sieben bis acht Geweihten erfüllte den Wald. Die meisten Stimmen hallten von den bekannten Plätzen herüber; aber eine dröhnte von oben, vom „Weihenkopf", herab. Es war zweifellos die Stimme vom gestrigen Abend. Diesen Hirsch wollte sich Hegerich zuerst ansehen.

Je höher er stieg, desto mehr gewann er die Gewißheit, daß die junge Fichtenkultur zum neuen Brunftplatz auserwählt war. Nur gut, daß er vor zwei Jahren darauf bestanden hatte, daß bald nach der Aufforstung der Windwurffläche ein Hochsitz gebaut und ein Pirschpfad angelegt wurde. Auf diesem Pfad kam er jetzt leise heran. Der Wind stand günstig, und gegen Sicht schützte ihn die Dickung, in deren Rand die Kanzel hineingebaut worden war. Während ihm aus sechzig bis siebzig Metern der Brunftschrei des unbekannten Hirsches entgegendröhnte, stieg er lautlos die Leiter hinauf – und hatte einen ungeahnten Anblick. Da stand im vollen Morgenlicht mitten auf der Blöße ein massiger, dunkler Hirsch. ‚Wie der Satan persönlich!' – ging es Hegerich durch den Sinn. Wuchtig, schwarzglänzend und dampfend stand er vor ihm, das Haupt fast vollständig verdeckt. Lange Gras- und Krautbündel hingen von den Enden des Geweihs herunter und schienen sich mit der Brunftmähne zu vereinigen. Das sah gespenstisch, furchterregend, geradezu unheimlich aus. Sicherlich hatte der Hirsch in der stark verwachsenen Suhle seine Brunfthitze abzureagieren versucht und dabei das Grünzeug herausgerissen.

Wild hallte jetzt wieder sein Schrei durch den Morgen. Weiß fuhr der Atem aus dem Äser heraus, stand wie eine Wolke vor dem mächtigen Haupt. Dann schüttelte sich der Klotz, daß die nassen Pflanzenbüschel nur so flogen. Aber es blieben noch genug hängen, und sie gaben ihm ein wahrhaft teuflisches Aussehen. Immerhin konnte Hegerich jetzt erkennen, daß es kein Kronenhirsch war. Aus dem Gewirr von Stangen, Gras und Kraut ragten zwei ungewöhnlich lange Gabeln heraus. Nur ein alter Achtender, aber trotzdem ein Abschußhirsch, mit dem der Jagdherr wohl zufrieden sein würde.

Vor dem Abbaumen ließ Hegerich seinen Blick noch einmal über die ganze Blöße wandern und sah an ihrem Rande verhoffendes Kahlwild. Es äugte zum gegenüberliegenden Dickungsrand hin, aus dem ein zweiter Hirsch austrat. Der war wesentlich schwächer und schien ein fünf- bis sechsjähriger Sechser zu sein. Zögernd kam er näher, verhoffte und ließ einen langgezogenen Schrei hören. Aber ein drohendes Orgeln erstickte diesen Schrei, und als sich der Platzhirsch in Bewegung setzte, machte der Beihirsch sofort kehrt und verschwand in der Dickung.

„Richtiger Brunftbetrieb, beste Aussichten!“ murmelte Hegerich vor sich hin und kletterte behutsam hinab.

Recht pünktlich traf Heinemann zum Nachmittagskaffee im Jagdhaus ein. Er ließ sich bewirten und über den

Neuzugang am „Weihenkopf“ berichten. „Tjawoll, den sehen wir uns an!“ sagte er zufrieden. „Ein klotziger Achter ist mir lieber als ein schlechtveranlagter Kronenhirsch. Frau Hegerich, noch ein Täßchen, bitte! Ihr Kaffee ist wieder vorzüglich!“ Der Jagdaufseher mahnte: „Trinken Sie nicht so viel von dem starken Zeug! Das könnte Sie beim Ansitz wieder mal stören!“

Aber der Jagdherr winkte ab: „Egal, den Genuß lasse ich mir nicht nehmen! Sie können schon den alten Lodenmantel und die Hirschzigarren bereitlegen.“

Heinemann war, wie die meisten Jäger, ein bißchen abergläubisch. Seiner Überzeugung nach hatten der alte Loden und die „Hirschzigarren“ die einzig richtige Wittrung, und obwohl Hegerich diese kostbaren Utensilien nie vergessen hätte, wurde er vor jedem Hirschansitz daran erinnert. Ferner gehörte nach Heinemann zum Recht des Jagdherrn und zu jeglichem Waidmannsheil ein zünftiger Waidschlag auf einen Frauenpopo, mit dem er sich von Frau Hegerich verabschiedete.

Sie fuhren mit dem Wagen bis zum letzten Wendeplatz hinauf und kraxelten gemächlich zum „Weihenkopf“. Dort pirschten sie den schmalen Pfad entlang, bestiegen sehr leise den Hochsitz, luden ebenso leise die Waffen, sicherten sie und stellten sie in ihre Ecken. Während Heinemann sich dann eine seiner „Hirschzigarren“ anzündete, stopfte Hegerich sein Pfeifchen und schmauchte genüßlich.

Tiefe Stille umgab die beiden Jäger. Nur der Ruf eines Taubers drang aus weiter Ferne herüber. „Wissen Sie, mein lieber Hegerich", wandte sich Heinemann an seinen Jagdaufseher, „das ist hier für einen Großstadtmenschen wie . . ."

Ein Prasseln in der Dickung ließ den Sprecher verstummen und nach links herumfahren. Aus den Jungfichten preschte der Sechser heraus, den Hegerich schon am Morgen gesehen hatte. Nach mehreren Fluchten verhoffte er und äugte zurück. Aber derjenige, der ihn zur Flucht getrieben hatte, ließ sich nicht blicken. Stattdessen ertönte ein Schrei – so urig und wild, daß Heinemann zusammenzuckte. Dies schien das Signal für das abendliche Brunftkonzert gewesen zu sein. Alsbald antworteten von den tiefer gelegenen Brunftplätzen mehrere, zum Teil sehr starke Stimmen.

Doch das war zunächst auch alles. Der Hirsch, auf den die beiden Jäger warteten, blieb unsichtbar. Heinemann schien nervös zu werden. Unruhig rutschte er auf seinem Platz hin und her, zerdrückte die noch nicht zu Ende gerauchte Zigarre und zündete sich sofort eine neue an. Hegerich beobachtete ihn besorgt. Die starke Rauchentwicklung war ein untrügliches Zeichen dafür, das der Raucher außerordentlich aufgeregt war. Irgend etwas schien da nicht zu stimmen! Jagdfieber allein konnte nicht die Ursache der inneren Unruhe sein. Hegerich dachte an den starken Bohnenkaffee und an seine bereits früher erlebte Wirkung bei dem Jagdherrn.

Inzwischen hatte sich der Sechser wieder in die Dickung eingeschoben. Während drunten langgezogene Schreie und kurze Trenzer abwechselten, blieb es am „Weihenkopf" eine Weile still. Tiefer Friede lag über der Dickung und Blöße. Auch der Jagdherr schien sich wieder beruhigt zu haben. Er saß still da und zog nur leicht in längeren Abständen an seiner „Hirschzigarre".

Plötzlich aber prasselte und polterte es im Tann. Dicht am Rande der Dickung stob die wilde Jagd dahin. Sicherlich war der Sechser dem Platzhirsch wieder zu nahe gekommen. Dann ein abgehacktes, zorniges oe – oe – oe – und nach kurzer Pause das langgezogene, tiefe oah – oah. Siebzig, höchstens achtzig Gänge vor den Jägern stand nun der Hirsch in den Jungfichten und zeigte sich noch immer nicht. Heinemann hatte die Büchse gepackt und blies wieder dicke Rauchwolken in die Abendluft. Dann stand er auf, schnippte die Asche von der Zigarre, setzte sich wieder auf seinen Platz, stellte die Waffe beiseite und blickte seinen Nebenmann fragend an.

„Nur ruhig! Der kommt schon!" hörte er's flüstern. Aber das beruhigte ihn keineswegs! Plötzlich faßte er den Arm des Jagdaufsehers und hauchte mit gequältem Gesichtsausdruck: „Mensch, Hegerich, ich muß runter!"

„Verdammt noch mal! Da haben wir's wieder! Immer der aufregende Kaffee vor der Jagd! Das kommt jetzt nicht in Frage! Jeden Augenblick kann der Hirsch . . ." Er stockte. Aus der Dickung schob sich ein starkes Tier heraus, sicherte kurz, trat dann vertraut auf die Blöße aus und begann zu äsen. Es folgten ihm ein Kalb, zwei Schmaltiere, ein zweites Kalb und zum Schluß noch ein Alttier. Hegerich kannte die Stücke bereits von seinem morgendlichen Erkundungsgang. Als nun unterhalb des Kahlwildes auch der Sechser erschien, raunte er Heinemann ins Ohr: „Fertigmachen! Gleich wird auch der Starke kommen!“ Aber der Starke kam noch nicht! Er ließ sich viel Zeit – Diana mochte wissen warum. Der Jagdherr drückte brutal seine Zigarre aus, preßte die Hände gegen den Leib und stöhnte leise vor sich hin.

„Es ist zum Heulen!“ zischte Hegerich. Ooaah – ooaah – antwortete mit dröhnender Stimme der Hirsch in der Dikkung. Es knackte und raschelte im Tann.

„Zum Donnerwetter! Fertigmachen!“ zischte Hegerich dem Leidenden ins Ohr. „Nein, nicht das Glas! Die Büchse! Ich spreche ihn an!“

Heinemann, ein bißchen grau im Gesicht, ging, auf die Brüstung auflegend, in Anschlag. Aber es paßte nicht: die Laufmündung zeigte nach oben in die Altfichten hinein.

„Brüstung zu hoch!“ preßte Heinemann zwischen den Zähnen hindurch.

„Nee – Sie sind zu klein!“ zischelte Hegerich kaum hörbar, zog seinen Lodenmantel aus, legte ihn dreifach zusammen und befahl sehr leise, aber doch deutlich: „Anheben!“ und schob ihn dem nach seiner Meinung zu klein geratenen Jäger unter die Sitzfläche. Dabei war's ihm, als hätte ihn ein verdächtiger Geruch umweht.

„Hubertus hilf! Er muß noch einhalten!“ betete Hegerich kaum hörbar. Heinemann verstand nicht genau, was sein

Jagdaufseher da brummelte. Ihm war's auch völlig gleichgültig. Denn er litt Tantalusqualen, hielt mit der linken Hand die Büchse, preßte mit der rechten den Leib, Schweißperlen erschienen auf seiner Stirn, und die Backenknochen traten stark hervor.

„Hegerich, ich kann nicht länger . . ."

„Pst", fauchte Hegerich. „Der Hirsch!"

In seiner ganzen Stärke und Wildheit präsentierte sich plötzlich der Platzhirsch auf der Blöße. Wieder schien er soeben der Suhle entstiegen zu sein. Fast schwarz wirkte der noch feuchte Körper, und wieder waren Geweih und Haupt von Halmen und Ranken behangen. Oaah – ooaahh – dröhnte er den Sechser an, der sich gerade dem Kahlwild nähern wollte und jetzt sofort abdrehte.

„Das ist er! Wenn er sich breit stellt, sofort schießen!" flüsterte Hegerich.

Heinemann nickte schwach. Bleich waren seine Wangen, zu Schlitzen zusammengezogen die Augen. Der Hirsch drehte sich und stand breit, auf höchstens sechzig Gänge. Der von fürchterlichem Drang gequälte Jäger konzentrierte sich mit letzter Kraft auf Zielstachel und Blatt – drückte ab – klick – und sonst nichts. Der Hirsch, das Kahlwild warfen auf, äugten in Richtung des Hochsitzes, standen unbeweglich.

Heinemann sackte zusammen, drehte müde den Kopf zur Seite. Aber Hegerich kannte kein Erbarmen! Er hatte nach dem Versager sofort geschaltet und streckte dem Jagdherrn nun beide Hände entgegen: die eine war weit geöffnet, die andere hielt den Stutzen hin. Heinemann verstand. Mit übermenschlicher Anstrengung hob er seine Büchse von der Brüstung, drückte sie in die leere Hand, packte den Stutzen, legte auf – und das Rudel stand immer noch – brachte das Korn aufs schwarze Blatt und zog sofort ab.

Domm – brüllte das Gewehrchen – und fast gleichzeitig schnellten Hirsch und Schütze in die Höhe. Während ersterer in die Dickung raste, ließ letzterer den Stutzen in aufgehaltene Hände fallen, sauste auf halsbrecherische Weise die Leiter hinab.

„Vorsicht!“ schrie Hegerich – aber da war Heinemann schon unten. In Sekundenschnelle hatte er auch den Spiegel frei – Donnern – Bersten – Zischen – und ein glückliches aaaah! Dann eine Minute der Stille . . .

Hegerich, der inzwischen seelenruhig die Versagerpatrone aus der Büchse herausgenommen, sein Pfeifchen neu gestopft und entzündet hatte, rauchte genüßlich und wartete geduldig, bis er von unten die Worte vernahm: „Die Prozedur ist beendet; Sie können runterkommen.“ Hegerich lud sich Büchse und Stutzen auf den Rücken und baumte vorsichtig ab.

„Was ist mit dem Hirsch?“ fragte Heinemann, als wäre überhaupt nichts Aufregendes vorgefallen.

Ebenso gelassen antwortete Hegerich: „Der liegt in der Dickung und wartet auf seinen Erleger. Nach dem Zeichnen hat er einen Herzschuß.“

„Tja, worauf warten wir denn noch?" tat Heinemann erstaunt.

„Wahrhaftig, worauf?" pflichtete Hegerich ihm bei. Sie fanden den Geweihten leicht; die Rotfährte wies ihnen den Weg. Ein alter, starker Abschußhirsch lag vor ihnen; mit tiefem Blattschuß war er schnell verendet. Aber eine Überraschung kam zu den vorangegangenen Aufregungen doch noch hinzu: Der Achter entpuppte sich als Eissprossenzehner! Die beiden kurzen Enden waren von dem grünen Geranke, das der Hirsch beim Suhlen herausgerissen hatte, so vollkommen verdeckt worden, daß Hegerich sie nicht hatte sehen können.

Nun war Heinemann wieder ganz obenauf. „Dunnerwetter, dunnerwetter! Der schiebt im Laufe eines einzigen Tages zwei funkelnagelneue Enden! Das habe ich in meinem ganzen Jägerdasein noch nicht erlebt!" frotzelte er seinen Jagdaufseher.

Aber der ließ sich kaum beeindrucken. „Hab' ich doch gleich gedacht, daß dieser Schwarze ein Satanshirsch ist! Nur gut, daß es nicht zwei Kronenenden sind!"

Gutgelaunt meinte der Jagdherr: „Seh'n Sie, seh'n Sie, mein Lieber! Trotz aller Hindernisse ein voller Jagderfolg! Vielleicht glauben Sie jetzt an meine Hirschzigarren?"

Kopfschüttelnd brach Hegerich den Schützenbruch und mit „Waidmannsheil zum Eissprossenzehner!" reichte er den Fichtenzweig dem Erleger.

„Waidmannsdank! Natürlich haben Sie großen Anteil am Erfolg – aber die Hauptsache waren doch . . .“

„Die Zigarren – der alte Loden – und der Waidschlag – ich weiß, ich weiß!“ ergänzte Hegerich schmunzelnd und begann mit dem Aufbrechen.

Auch Heinemann griff kräftig zu, und in kurzer Zeit war die rote Arbeit getan. Dann brannten sie sich Zigarre und Pfeife an und hielten dem Geweihten die Totenwacht, während von den anderen Brunftplätzen des Bergwaldes noch immer das Orgeln starker Hirsche zu hören war.

Solche und andere Jäger

Der suhlende Hirschjäger

Ein hoher Gast kam zur hohen Jagd. Er sollte einen Ia-Hirsch schießen. Es war ein klarer und kalter Septembermorgen, als wir dem Wagen entstiegen und uns den Weg durch den Fichtenhochwald und sein Unterholz zum „Wasserturm" suchten. Diesen Namen hatte ich der Kanzel gegeben, weil sie zehn Meter hoch war und buchstäblich im Wasser stand. Die nasse, mit Sauergräsern, Binsen und Erlenstockausschlägen überwucherte Senke war für den Hochsitzbau ausgewählt worden, weil sich daran eine große, von Nadelholzdickungen umschlossene Fichtenkultur anschloß und keine andere Möglichkeit bestand, diese heimliche vom Rotwild gern angenommene Fläche einzusehen.

Der mächtige Hochsitz hatte außerdem den Vorteil, daß man ihn in bester Deckung erreichen und verlassen konnte und der Jäger dank der beachtlichen Höhe und des günstigen Standortes an der Ostseite der Kultur hier vom Wind fast unabhängig war. Aber auch der seltenere Ostwind trug kaum einen Hauch von Wittrung auf die Fläche, weil die mächtigen, den Turm abschirmenden Wetterfichten einen steten Aufwärtssog verursachten. Vom festen Waldboden bis zum Fuß der Leiter führte ein Brettersteg über die nasse Senke hinweg.

Auf diesem also strebten wir unserem Ziel zu. Ich tappte vorsichtig voran; der Gast folgte dichtauf. Plötzlich ein platschendes Geräusch und ein Schrei hinter mir. Ich drehte mich blitzschnell um – da saß mein Hochwildjäger im wassergetränkten Sauergras und streckte mir hilfeheischend beide Hände entgegen. Während ich nach ihnen griff, schaute mir die dunkle Mündung des Büchsenlaufes genau ins Auge. ‚Na, geladen ist das Gewehrchen ja nicht – sonst wäre es wohl schon losgegangen!' durchzuckte es mich. Ich zog mit aller Kraft und wuchtete den schweren Körper hoch. Es blieb nicht aus, daß der Unglücksmensch dabei auch mit den Füßen ins Wasser mußte. Dann stand er wieder auf den Brettern, und obwohl er den Eindruck erwecken wollte, daß ihn der „Fehltritt" keineswegs erschüttert hatte, waren ihm die nassen Hosen und Strümpfe doch deutlich anzusehen. Mitfühlend fragte ich ihn sogleich, ob wir unter diesen Umständen nicht umkehren sollten.

„Nein, nein!" lautete die starke Antwort. „Das macht mir gar nichts aus!"

‚Donnerwetter! Respekt, Respekt!' dachte ich und stieg leise die 34 Sprossen der Leiter hinauf. Mit mühsam unterdrücktem Keuchen erreichte auch mein Nachfolger den Anschluß, setzte sich rücksichtslos auf die kalte Bank und machte sogleich die Büchse schußfertig. Dann hockten wir schweigend nebeneinander, warteten, lauschten. Zu sehen war noch nichts. Der Dickungsrand hinter der Kultur hob sich kaum vom Morgenhimmel ab. Von West blies uns kalter Wind ins Gesicht. Fünf Minuten vergingen. Mein Gast wurde unruhig, rückte hin und her, hob das Glas an die Augen, setzte es gleich wieder ab. Der Wald schwieg noch immer. Mein Nebenmann räusperte sich, stand kurz auf, setzte sich wieder, sagte aber kein Wort. Ich wartete noch zwei, drei Minuten, beobachtete mit Seitenblick den alten Herrn. Er sah starr geradeaus, sein Gesicht war leicht verzerrt. Da packte mich doch das Mitleid.

„Hören Sie, das gibt heute morgen kein rechtes Brunftwetter, und ich möchte auch nicht, daß Sie sich erkälten!" sagte ich laut und stand auf. „Wir gehen nachmittags frühzeitig raus und schießen dann den Hirsch."

Erleichtert und aufseufzend erhob sich mein Gast, entlud die Waffe, löste rasch die nasse Hose vom Körper und kletterte vorsichtig die Leiter hinab. Kurz danach war auch ich unten. Als der hohe Herr dann ängstlich auf dem Brettersteg entlangbalancierte, dröhnte aus der Dickung tiefes Orgeln hinter uns her. Überrascht drehte sich der Gast um und – trat noch einmal daneben! Diesmal schlug er voll mit dem Hinterteil ins kalte Sumpfwasser hinein! Der Bedauernswerte, der sich bis dahin so tapfer gehalten hatte, stieß einen so gräßlichen Fluch aus, daß sich die alten Wetterfichten vor Entsetzen schüttelten. Ööh – ööhh – ööh – trenzte höhnend der Hirsch hinter uns her . . .

Als wir uns am Nachmittag trafen und ich den Hirsch vom „Wasserturm“ erwähnte, war mein Gast fast böse: „Den Hochsitz betrete ich nicht ein zweites Mal!“

Nur mit Mühe konnte ich ihn beruhigen und lenkte sofort ein: „Das ist verständlich. Dann sehen wir uns den ‚Alten vom Berge‘ an. Der steht dem Hirsch von heut' morgen nicht viel nach.“

Wir fuhren zum „Belgerkopf“ hinauf, wo ein alter Zwölfender sehr regelmäßig brunftete. Fast zwei Stunden warteten wir auf dem Hochsitz an der Waldwiese, bis ich weit hinten im hohen Holz eine Bewegung wahrnahm. Durch das Glas erkannte ich ein Alttier, das langsam durch die breitkronigen Buchen zog. Gleich darauf folgte das ganze Rudel: sieben Stücke Kahlwild und zuletzt der Hirsch. Ich war ziemlich sicher, daß es sich um das erwartete Brunftrudel mit dem alten Zwölfer handelte.

„Langsam fertigmachen! Ihr Hirsch kommt!“ forderte ich den Gast auf. Der sah mich verständnislos an.

„Was ist . . .?“

„Ja, das Brunftrudel mit Ihrem Hirsch zieht heran!“

„Rudel? Hirsch? Wo denn?“ Mein Gott, ist der hohe Herr aufgeregt!

„Wenn Sie an der Solitärfichte vorbei den Hang hinaufschauen, müßten Sie das Rudel sehen.“

Er führte das Glas an die Augen, und seine Hände zitterten. ‚O weh!' dachte ich. ‚Wenn dieses Hirschfieber anhält, kann's ja heiter werden!'

„Donnerwetter! Ich seh noch immer nichts! Wo soll der Hirsch . . .?“ Oaah – oaah – antwortete in diesem Augenblick der Geweihte selbst und verriet dadurch seinen Standort. Jetzt bekam ihn mein Gast ins Blickfeld des Glases und war offensichtlich sehr beeindruckt. „Donnerwetter, Donnerwetter!“ preßte er durch die Lippen hindurch, ließ das Glas sinken, griff nach der Büchse und ging sofort in Anschlag.

Na, na, er wird doch nicht gleich . . .?

„Sie haben noch ein bißchen Zeit bis zum Schuß. Es ist noch viel zu weit!“ sagte ich leise, aber bestimmt.

Der Gast schien mich ganz vergessen zu haben. Er zuckte zusammen, setzte ab und sah mich verwirrt an. „Das Rudel zieht bestimmt zu uns herunter und der Hirsch kommt Ihnen viel günstiger!“ fügte ich rasch hinzu.

Er nickte verlegen und vertauschte schnell das Gewehr mit dem Glas. Langsam kam das Rudel näher. Den Hirsch, der jetzt bereits einwandfrei anzusprechen war, kannte ich gut. Er war mindestens vom elften Kopf, hatte starke, weit ausgelegte Stangen und eine gleichmäßige Doppelgabelkrone mit langen, hellen Enden. Unablässig umkreiste er sein Rudel, obwohl weit und breit kein Beihirsch auszumachen war. Aber just in diesem Augenblick dröhnte von links ein imponierender Schrei herüber. Während ich den Neuankömmling suchte, antwortete der Platzhirsch mit seinem tiefen, drohenden Orgeln. Aus dem Zentrum des Reviers hallten jetzt ebenfalls langgezogene Kampfschreie heraus. Die Brunft war in vollem Gange.

Ganz plötzlich drängte das Geschehen um uns herum einem dramatischen Höhepunkt zu. Der Beihirsch, ein mittelalter Kronenzehner, hatte sich von unten her dem Rudel bis auf etwa achtzig Gänge genähert und röhrte mit mächtiger Stimme. Der Schrei war noch nicht verhallt, da polterte von oben mit wütendem öh – öh – öh der Platzhirsch heran. Erschreckt warf sich der Zehner herum, daß das Laub aufwirbelte, und preschte in wilden Fluchten an unserem Hochsitz vorbei. Der Zwölfender brach jäh die Verfolgung ab und schickte dem Flüchtenden ein langgezogenes oaaah nach. Fast weiß fuhr der Atem aus seinem Äser heraus.

Höchstens sechzig Gänge stand der Hirsch jetzt breit vor uns in den Altbuchen. Die Szenerie hatte so schnell gewechselt, daß wir völlig überrascht waren. Ich sah, daß mein Nachbar bewegungslos auf den Geweihten starrte und befürchtete, daß die große Chance versäumt werden könnte.

„Schießen!" flüsterte ich nur und sah erschreckt, wie der Gast zusammenzuckte, überhastet nach der Büchse griff und sie mit einem deutlich hörbaren Schlag auf die Brüstung legte. Ooaah – orgelte fast gleichzeitig der Hirsch und stand wie gemeißelt auf seinem Platz. Da hatte ich mich gefaßt und hauchte meinem Nebenmann ins Ohr: „Entsichern und ganz ruhig Ziel fassen!"

Aber von Ruhe konnte da keine Rede sein! Ich sah, wie der Büchsenlauf schwankte und griff instinktiv nach meinem Drilling. Kaum hatte ich entsichert, da peitschte neben mir der Schuß hinaus. Der Hirsch ruckte nur zusammen und raste hangabwärts auf die Wiese zu. Da bekam ich den Wildkörper ins Zielfernrohr, spürte den Finger am Abzug und krümmte durch. Im Knall brach der Hirsch zusammen, überschlug sich und – war im nächsten Augenblick verschwunden! Als hätte ihn die Erde buchstäblich verschluckt.

Aufatmend wandte ich mich meinem Nebenmann zu und wollte ihm die Hand reichen – aber da war vor mir ein derart verwirrtes Gesicht, daß ich stockte und es nur fragend anblickte. Mühsam kam es heraus: „Sie haben auch geschossen? Wo ist der Hirsch?" Einen Moment war ich ratlos, aber gleich dämmerte es mir, und ich antwortete beruhigt: „Mein Schuß war doch nur der Fangschuß. Und Ihr Hirsch liegt im Vorflutgraben."

Allmählich änderte sich der Gesichtsausdruck des Gastes. „Ach sooo – ach so ist das!"

„Ja natürlich! Sie haben auch getroffen; ich wollte – wenn möglich – nur eine schwere Nachsuche vermeiden."

„Ah ja!" Freudig-erregt sprang er auf. „Und Sie meinen, er liegt da unten im Graben?"

„Mit Sicherheit! Aber eine Zigarettenlänge wollen wir trotzdem noch warten." Gehorsam setzte sich der Gast wieder hin. Wir rauchten und unterhielten uns und schauten immer wieder dorthin, wo der Hirsch verschwunden war. Aber da rührte und zeigte sich nichts. Wir drückten die Stummel aus, baumten ab und näherten uns vorsichtig dem Vorfluter. Ich hatte den Drilling schußbereit in Händen. Wir fanden den Kapitalen verendet im metertiefen Graben, vom hohen Gras halb zugedeckt. Aber das starke Geweih ragte voll aus den Halmen heraus.

Mein Gast hatte den Hut abgenommen und stand regungslos vor seiner Beute. Ich übersprang den Graben und verschwand im angrenzenden Fichtenbestand, um die Brüche zu holen. Ich ließ mir Zeit; der sichtlich ergriffene Schütze sollte lange genug mit seiner Beute allein sein.

Als ich ihm später den Bruch überreichte, spürte ich an seinem Händedruck, wie bewegt er war, und sein Waidmannsdank klang heiser. Schließlich fragte ich ihn, ob wir versuchen sollen, den Hirsch aus dem Graben herauszuziehen.

„Ja, ja! Natürlich! Was soll ich tun?“ fragte er eifrig.

„Sie ziehen an Geweih und Vorderlauf, ich schiebe die Hinterhand nach.“

Ich hatte Gummistiefel an und stieg in den wasserführenden Graben hinein, um erst mal die Vorderläufe, die von dem schweren Wildkörper bedrückt waren, hervorzuziehen. Mit einiger Mühe gelang es. Der hohe Herr balancierte auf dem Grabenrand und umklammerte eine Geweihstange und einen Vorderlauf.

„Auf ‚Zugleich‘ versuchen wir's!“ sagte ich und packte fest zu. Mein Kumpan nickte und konzentrierte sich.

„Zugleich!“ Ein Ruck – ein Schrei – aufspritzendes Wasser – und mein Hirschjäger hockte wieder im nassen Element! Diesmal reichte ihm das Wasser fast bis zur Brust. Ich konnte mich nicht beherrschen und lachte schallend los. Der Unglücksmensch stieß wieder den wilden Fluch aus. Ich ließ den Hirsch los, streckte dem zappelnden Mann beide Hände hin, zog ihn hoch und schob dann mit aller Kraft nach, auf daß er schnellstens wieder trockenen Boden gewinnen konnte.

Breitbeinig stand er nun da und schaute hilflos an sich hinunter. Ich kraxelte rasch aus dem Graben hinaus und kommandierte: „Alles liegen lassen und sofort zum Wagen!“

„Aber der Hirsch . . .?“ fragte der nasse Jäger trotz seiner mißlichen Lage.

„Wird anschließend von meinen Leuten versorgt. Kommen Sie!“ Im Eiltempo erreichten wir den Wagen und in scharfer Fahrt das Quartier des Gastes.

„Bringen Sie Ihrem unterkühlten Schützling einen glühheißen Grog aufs Zimmer!“ rief ich der Wirtin noch zu, fuhr dann gleich zu meinem Haumeister und meinem Holzrükker, die schon so manches Stück Wild aus dem Walde geholt hatten.

„Ein starker Hirsch liegt im Vorfluter am Belgerkopf. Gummistiefel anziehen!“

Weitere Anweisungen waren nicht nötig; die beiden wußten, was zu tun ist. Ich fuhr zum Forsthaus und ließ mir von meiner Frau eine Tasse Tee aufbrühen. Sie war noch nicht ganz ausgetrunken, da rollten schon meine Leute mit Trekker und Anhänger auf den Hof. Während wir die Waldstraße dahinratterten, erzählte ich den beiden von der dramatischen und im Vorfluter endenden Jagd. Ihr dröhnendes Lachen übertönte fast das Knattern des Treckers.

Am Ziel begutachteten die beiden Männer im Schein meiner Stablampe erst mal das herausragende Geweih und fanden es ‚ganz kapital'! Dann wuchteten sie mit „Hau-ruck!" den Hirsch aus dem Graben heraus, und der jagdlich interessierte Haumeister prüfte sofort, wo die Schüsse saßen. Eine Kugel – es kann nur die des Gastes gewesen sein – hatte den Brustkern aufgerissen und hätte unter Umständen noch eine böse Nachsuche erfordert. Mein Schuß traf – Diana sei Dank! – die Wirbelsäule. Deshalb brach der Edle so jäh zusammen.

„Da haben Sie aber mächtigen Dusel gehabt!" grinste der Haumeister. Während er mir beim Aufbrechen des Hirsches leuchtete, holte der Rücker ein großes Bündel von Fichtenästen. Wir luden den Geweihten und das Grün auf den Anhänger, und ab ging's in Richtung Forsthaus. Im Garten vor dem hell erleuchteten Freisitz ward der Hirsch auf den ausgebreiteten Fichtenzweigen gebettet und mit dem Inbesitznahmebruch und dem letzten Bissen geschmückt. Bald kam der Jagdgast in seinem Mercedes angebraust und brachte den Forstamtsleiter Hanisch mit. Das Hornsignal ‚Hirsch tot' begrüßte die beiden. Es folgte die Begutachtung des Hirsches, ein herzliches „Waidmannsheil!“ und kräftiges Händeschütteln. Jetzt kam auch meine Frau in den Garten, brachte ein Tablett mit gefüllten Sektkelchen mit und begrüßte die Gäste mit „Waidmannsheil die Herren und willkommen am alten Försterhaus!“ „Oh – Waidmannsdank! Das ist eine nette Überraschung!“ Der erste Schluck ging auf das Wohl des erfolgreichen Hirschjägers. Ein kurzer Aufenthalt auf dem Freisitz beendete diesen Teil des Jagdtages. Dann läutete das Telefon, und die Wirtin vom Gasthaus „Tannenhof“ teilte mir mit, daß „alles wie gewünscht hergerichtet“ war. Ich gab noch meiner DD-Hündin den Befehl, den Hirsch gut zu bewachen, dann fuhren wir zum Gasthaus hinüber. Die freundliche Wirtin verwöhnte uns mit dem Besten aus Küche und Keller.

Bis lange nach Mitternacht wurde der Hirsch – „seiner Stärke gemäß“, wie es der glückliche Schütze immer aufs neue begründete – totgetrunken. Mit sehr lockerer Zunge, wie ich es gar nicht erwartet hatte, erzählte er von allen Einzelheiten der ereignisreichen Jagd. Als er auch die wiederholten „Bäder“ mit froher Selbstironie schilderte, schlug sich der Forstmeister vor Freude auf die Schenkel und lachte, daß sein rundes Bäuchlein auf und nieder hüpfte.

Der Jagdgast und sein Teufelstrank

Es war noch stockdunkle Nacht, als Forstamtmann Heuser und sein amerikanischer Gast, der Sergeant Vyler, den Hochsitz bestiegen. Von West blies den beiden naßkalter Herbstwind ins Gesicht. Gemütlich war es nicht gerade. Sie luden und sicherten die Waffen, stellten sie in ihre Ecken der Kanzel, schlugen die Mantelkragen hoch und zündeten sich Zigaretten an. Der Wind trug den Rauch ostwärts in den hohen Fichtenbestand hinein. Vor ihnen lag die hüfthohe Nadelholzkultur, an die sich die schmale Bornwiese anschloß. Zu beiden Seiten zogen sich Fichtenstangenhölzer hin. Ganz allmählich traten die Konturen der Bäume hervor, begann es zaghaft zu dämmern.

Eine Weile rauchten sie schweigend. Dann wandte sich Heuser an seinen Gast und sagte halblaut: „Wenn Hirsch kommen, Du nimmst Gewehr – ich ansprechen: durch Fernglas sehen, ob richtig. Du verstehen?"

„Okay, okay! Verstehen! Ich nix sehen – only schießen!"

„Junge, Junge! Du erst schießen, wenn ich sage! Kapiert?"

„Capeert – was is capeert?"

„Verstanden heißt das – you understand?"

„Yes, yes – Du sagen – ich schießen!"

„Na, wenn das nur gut geht!" murmelte Heuser und führte das Glas an die Augen. Er leuchtete die Bestandesränder ab, an denen nun schon die einzelnen Stämme zu unterscheiden waren. Aber nichts regte, nichts zeigte sich. Nur der Wind sang leise in den Kronen. Heuser hatte diesen Hochsitz gewählt, weil das Rotwild auf dem morgendlichen Rückwechsel hier noch gerne ein paar Gräser und Kräuter aufnahm, bevor es zu Holze zog. Man konnte es dabei in Ruhe ansprechen und gegebenenfalls einen sicheren Schuß anbringen.

Langsam verrannen die Minuten; trübe zog der Tag herauf. Schärfer fuhr der vollerwachte Morgenwind den Jägern um die Nasen. Sie fröstelten. Vyler zog eine Flasche aus seiner Manteltasche, hielt sie dem Forstmann hin und flüsterte: „Hier! Du trinken Whisky! Gut für kalt!"

„Nicht schlecht ‚gut für kalt'! Ja, der ist jetzt richtig! Prost!" sagte Heuser und tat einen langen Zug.

„Proust, proust!" antwortete Vyler und zog ebenso lang nach. Dann steckte er die Flasche weg, griff aber gleich in die andere Tasche und holte wieder die Zigaretten hervor. „Jetzt Cigarette serr gut!" lobte er den bevorstehenden Genuß. Unter den Hüten zündeten sie die Glimmstengel an und fühlten sich bedeutend wohler. Vyler wollte wieder etwas sagen, als sich die Wiese ganz plötzlich belebte. Eine Ricke war aus dem Stangenholz ausgetreten, und alsbald folgten ihr zwei Kitze nach. Sie zogen zum gegenüberliegenden Jungbestand hin, wobei die Kitze übermütige Sprünge und Wettläufe vollführten.

„Oh – das is serr sön!" entfuhr es dem Gast ziemlich laut. Im nächsten Augenblick erhielt er einen unsanften Stoß in die Seite. „Da kommt der Hirsch!“ zischte Heuser und hatte schon das Glas vor den Augen.

„Was kommt?“ fragte Vyler verwirrt, sah dann aber auch den Hirsch auf der Wiese.

„Oh – ein Hirs! A big stag! Ich schießen?!“ raunte er aufgeregt dem Forstmann ins Ohr und angelte nach seiner Büchse. Heuser hatte den Geweihten als sieben- bis achtjährigen ungeraden Achter mit langen, aber enggestellten Stangen und verbogenen Enden angesprochen.

„Ja, Du kannst schießen! Aber ruhig – ganz ruhig!“ flüsterte er. Die Ermahnung war sehr nötig, denn Vyler machte hastige Bewegungen und wirkte nervös. Lange warten durfte er allerdings nicht. Der Hirsch hatte es sehr eilig, über die schmale Wiese hinwegzukommen.

„Ich pfeife – Du schießen, wenn Hirsch steht! Ganz ruhig!“ hauchte Heuser dem Gast ins Ohr, der die Büchse auf der Brüstung aufgelegt und entsichert hatte.

„Okay – verstehen!“ flüsterte Vyler zurück. Er ging in Anschlag – der Pfiff ertönte – der Hirsch verhoffte – rööng – plopp! Weicher, plauziger Kugelschlag. Der Hirsch schlug aus, raste in den Jungfichtenbestand hinein.

„Damned! Vorbeigeschießen!“ fluchte Vyler.

„Jawoll – beschiss . . . Krankgeschossen hast ihn – waidewund!“

„Woidewuund – was is das?“

„Da – das ist woidewuund!“ Ziemlich unsanft stieß Heuser seinem Nebenmann in den Leib.

„Oh – soo! Hirs geht tot?“

„Ja, ja, geht tot, Du Scharfschütze!“

„Sarfsütze – was is das?“

„Hör auf mit Deinem ‚Was is das‘! Entladen und ab!“

„Zuerst noch Whisky trinken! Gut für nervous!“

„Zum Teufel mit Deinem Whisky! Los! Runter!“ Heuser entlud seine Waffe und kletterte hinab. Vyler beeilte sich, ihm nachzukommen; er war sichtlich verstört. Als sie nach dem Verbrechen des Anschusses zum Wagen gingen, fragte er ahnungslos: „Warum wir weggehen? Warum nicht Hirs suchen?“ Heuser gab keine Antwort. Das hätte so glatt gehen können! Breit wie ein Scheunentor hatte der Hirsch gestanden. Jetzt geht wieder der ganze Tag verloren. Sie fuhren zum Forstamt und Heuser berichtete dort von dem unerfreulichen Ausgang der Jagd.

„Du kommst mir gerade recht!“ war die Reaktion von Amtsrat Pohlmann. „Ich habe um elf einen Besichtigungstermin. Also übernimmst Du die Nachsuche!“

„Auch das noch! Na, dann fangen wir jleieich an!“ fügte sich Heuser ins Unvermeidliche.

Er ging zum Telefon und rief die Revierförstereien an, wo sich ausnahmslos die Ehefrauen der Beamten meldeten. Achtmal sagte er sein Sprüchlein auf, daß um vierzehn Uhr

Nachsuche auf einen kranken Hirsch stattfände und Treffpunkt das Schneisenkreuz vor der Bornwiese wäre. Die Bläser sollten ihre Hörner mitbringen.

„So, das wär's fürs erste! Wir melden uns dann am Nachmittag wieder.

„Waidmannsheil!" wandte er sich zum Schluß an Pohlmann. „Ja, mach's gut! Waidmannsheil!" verabschiedete der seinen Kollegen und blätterte schon wieder in einem Aktenstoß herum.

Als Heuser an seinem Forsthaus aus dem Wagen stieg, sagte er zu Vyler: „Um halb zwei Du mich wieder abholen, zur Nachsuche. Verstanden?"

„Okay! Jetzt ich auch wissen: Dein comrades helfen suchen Hirs!"

„Na also! Du kapierst schnell! Also um halb zwei!"

„Yes, halb zwei ich wieder hier! Weudmannsheul!"

Sechs Beamte hatten sich pünktlich zur Nachsuche eingefunden. Heuser gab einen kurzen Bericht über den morgendlichen Jagdablauf und meinte, daß der Hirsch mit Sicherheit einen Weidwundschuß erhalten habe. Am Anschuß wären aber weder Schweiß noch ein anderes Zeichen zu finden gewesen.

„Ihr umstellt das Stangenholz, und ich werde mit Bauz die Wundfährte ausarbeiten. Erich, Du kommst mit mir! Und Du auf Wiese bleiben!" Die letzte Anweisung galt dem amerikanischen Jagdgast.

„Okay! Verstanden. Aber erst einen Whisky trinken!“

„Meinetwegen! Vielleicht brauchen wir sogar ein Zielwasser!“ stimmte Heuser zu. Die Flasche machte einmal die Runde; dann marschierten sie los.

Als das Hornsignal das Umstellen der Abteilung verkündet hatte, führte Heuser seinen in der Schweißarbeit erstklassigen Teckel zum Anschuß. Sofort nahm Bauz Wittrung auf. Hin und her flog die Rute; hin und her flog auch das kleine Köpfchen. Dann hatte er sich festgesaugt, zog stichgerade auf den Fichtenjungbestand zu und ebenso flott in diesen hinein. Heuser war bemüht, seinem Hund die Arbeit möglichst zu erleichtern, den sich verheddernden Riemen rasch zu lösen, ihn aufzunehmen und sofort wieder freizugeben. Dichtauf folgte Krause, die gesicherte Büchse in den Händen. Plötzlich verhielt Bauz, knurrte böse und wich zurück. Heuser ging drei, vier Schritte vor, konnte dann eine kleine Suhle einsehen und war einen Augenblick enttäuscht. Aber dann sah er den Hirsch, von Gräsern halb verdeckt, am Rand des Sumpfloches liegen. Sofort fiel ihm auf, daß der Geweihte das Haupt hoch hielt.

„Fangschuß!“ sagte Heuser, und der dicht aufgerückte Krause entsicherte sofort, hielt auf den Träger und drückte ab. Im Knall sank das Haupt des Hirsches zu Boden. Lauthals sauste jetzt Bauz hinzu und zauste den noch Schlegelnden am Kragen. Dann lag der Geweihte still.

„Na, besser konnte es gar nicht klappen! Nun blas mal gleich!“ meinte Heuser gutgelaunt.

‚Hirsch tot!‘ signalisierte das Horn den anderen Schützen.

„So brav, Bauzi!“ lobte das stolze Herrchen seinen Hund und steckte ihm einen Fichtenzweig ins Halsband. „Aber jetzt ist genug gezaust! Laß aus!“

Sie zogen den Hirsch aus der Suhle heraus, beurteilten ihn als einwandfreien IIb-Achter und suchten nach dem Sitz der ersten Kugel. Vergebens! Sie drehten den Hirsch von der linken auf die rechte Seite, drehten ihn wieder zurück – und fanden nichts!

„Einen Ausschuß hat er bestimmt nicht; aber der Einschuß müßte doch zu finden sein – verdammt noch mal!“ wurde Heuser nervös.

„Oder ich habe einen gesunden Hirsch geschossen!?“ zog Krause in Erwägung.

„Mach mich nicht schwach! Er m u ß den Einschuß haben!“

Sie suchten nochmals sehr gründlich die linke Seite ab und fanden schließlich den Durchschuß sehr tief und weit hinten in der Decke. Er war schlammverklebt und hatte sich über dem Schußkanal verschoben.

„Junge, Junge, was hätten die gefeixt, wenn wir einen zweiten Hirsch erlegt hätten!“ atmete Krause erleichtert auf.

„Wahrhaftig, das hätte einen Knalleffekt zur Folge gehabt!“ stimmte ihm Heuser zu.

Als erster war der Amerikaner nachgekommen und kauderwelschte sofort drauf los: „Oh, snell gefounden Hirs! Warum Du noch geschiesen?“

„Um Gottes Willen – schon wieder das ‚geschiesen‘! Waidmannsheil, Sergeant!“ überging Heuser die überflüssige Frage und überreichte dem Gast den Schützenbruch.

„Weudmannsdank! O, ich glücklich – so happy!“

Während Vyler sich mit seinem Hirsch beschäftigte, immer wieder an den Stangen und Enden entlangstrich, trafen auch die Kollegen ein, begutachteten den Hirsch und gratulierten dem Schützen.

„Jetzt aber raus aus dem Busch!“ kommandierte Heuser.

Vyler und die beiden jüngsten Beamten zogen den Hirsch aus dem Holz heraus auf die Wiese.

„So, Erich, Du sagst Deinem Rücker und Deinem Haumeister Bescheid, daß sie den Hirsch zum Forstamt bringen!“ wies Heuser Krause an. Dann wandte er sich an Vyler: „Und Du uns jetzt zeigen, ob Du Hirsch waidgerecht aufbrechen kannst!“

„Weudgerecht aufbrechen – was ist das?“

„Du machst mich noch verrückt mit Deinem ‚Was is das‘! Draw out – oder so ähnlich.“

„Yes, ich verstehen. Hirs aufmachen. Aber erst trinken Whisky!“ Schon zog er wieder die Flasche hervor und reichte sie Heuser. Dann machte er sich sogleich an die rote Arbeit – und die Beamten staunten. Zwar fehlte ihm ein bißchen die Routine; aber wie's gemacht wird, hatte er gründlich gelernt. Inzwischen war auch die Whiskyflasche geleert.

Vyler, der sich die Hände notdürftig mit Gras reinigte, sagte gutgelaunt: „So, jetzt ich alle bitten zu essen und trinken in Jägerhof!“

„Donnerwetter, das ist nobel! Danke, Vyler, wir kommen“, nahm Heuser die Einladung an.

„Okay, das freut mir!“

Als sie zu den Wagen gingen, ratterte schon der Trecker mit Krause, dem Rücker Kuhnert und dem Haumeister Wenzel heran. „Bringt reichlich Grünes mit!“ rief ihnen Heuser beim Vorbeifahren zu.

„Wird gemacht!“, antwortete Krause. „Stellt Ihr schon ein paar Flaschen kalt.“

Während die anderen Beamten zum Jägerhof fuhren, machte Heuser am Forstamt halt, um Pohlmann über die erfolgreiche Nachsuche zu unterrichten. „Das ist ja prima! Waidmannsheil, Sergeant!“ gratulierte er dem Gast

„Weidmannsdank! Und Du kommen auch in Jägerhof, please!“

„Vielen Dank! Aber ich habe noch dringend zu tun!“ lehnte Pohlmann ab.

„O, ich sein unglücklich – very sorry!“ Sie lachten über den unglücklichen Gastgeber, als schon der Trecker in den Hof einbog. Pohlmann begutachtete sofort den Hirsch.

„In Ordnung! Typischer IIb-Achter. Trinkt ihn ordentlich tot.“ Schon marschierte er wieder in sein Büro zurück.

Heuser wandte sich an den Haumeister Wenzel: „Sie wissen Bescheid! Alles wie immer!“

„Alles klar, Chef, wie immer!“ lautete die kurze Antwort.

Während Heuser und Vyler zum Jägerhof fuhren, versorgten Wenzel und Kuhnert den Hirsch, schlugen ihm das Haupt ab, wogen ihn und zogen ihn am Flaschenzug hoch. Sie gaben das Gewicht im Büro an und fuhren ebenfalls zum Gasthaus.

Da ging es bereits hoch her. An der Theke wurden Biergläser geschwungen, lebhafte Debatten geführt, und die Wirtin trug schon das Essen auf. Wenzel und Kuhnert beeilten sich, den Trophäentisch herzurichten; sie schmückten ihn mit Fichtenzweigen und betteten darin das Haupt des Hirsches.

„Oh, das is serr sön – very nice!“ drückte Vyler seine Überraschung aus.

„Ja, die Trophäe gehört zum Tottrinken dazu! Das ist bei uns Tradition“, erklärte Heuser dem Gast. Vyler wollte noch etwas sagen; aber in diesem Augenblick dröhnte Hörnerklang durch den Raum. Die Hornisten bliesen zum Essen. Es gab Jägerschnitzel und schmeckte allen „superlecker“, wie Hagedorn es ausdrückte. „Darauf eine Runde Bommerlunder!“ rief er der Wirtin zu und schnalzte mit der Zunge. Der amerikanische Jagdgast stand rasch auf, ging hinaus und kam nach einigen Minuten mit zwei riesigen Whiskyflaschen zurück. „Donnerwetter, sind das Klötze!“ staunte Wenzel der Holzfäller. Heuser richtete einen fragenden Blick auf die Wirtin, die nur lächelnd und zustimmend nickte. Sie brachte auch die passenden Gläser und sagte zu Vyler: „Aber Sodawasser habe ich im Augenblick nicht da."

„Machen nix! Wir lieber mixen mit Coca-Cola. Bitte, bringen zehn Bottles Cola!"

Oberförster Brandau, der wegen seines empfindlichen Magens keinen Alkohol trinken durfte, spielte den Mundschenk. Er füllte die Gläser zu einem Drittel mit Whisky und zu zwei Dritteln mit Coca-Cola.

„Weudmannsdank für Hirs – freut mir serr! Proust!" rief Vyler und hob sein Glas.

„Prost – prost – prost!"

„Alle Achtung! Das schmeckt wirklich gut!" lobte Hagedorn und tat gleich einen zweiten langen Zug. Auch die anderen fanden das Getränk vortrefflich und sprachen ihm fleißig zu. Ebenso fleißig betätigte sich Brandau, der dafür sorgte, daß jedes Glas sofort wieder gefüllt wurde. Vielleicht geschah es aus Neid oder Boshaftigkeit, weil er keinen Tropfen, alle anderen aber nach Herzens- und Gaumenlust trinken durften – jedenfalls füllte er jetzt die Gläser im umgekehrten Verhältnis: zu zwei Dritteln mit Whisky und nur zu einem mit Coca-Cola.

Das Stimmungsbarometer kletterte rasch in die Höhe. Heuser schilderte in anschaulicher Weise den Ablauf des Frühansitzes, insbesondere die Tragikomödie nach dem

Schuß, als Vyler glaubte, „vorbeigeschiesen“ zu haben. Hagedorn erklärte feierlich: „Wir müssen der braven Trophäe viel mehr Beachtung schenken und jedes Ende mit einem Schluck würdigen. Prost auf die Augsprosse der linken Stange!“ Gelächter und Zustimmung und Prositrufe. So stiegen sie trinkend die Sprossenleiter der linken Stange hinauf und kletterten trinkend an der rechten hinunter.

„Ihr jetzt singen ein Lied von Jagd – please! Ich das hören gladly!“ bat Vyler, der sich offenbar in Hochstimmung befand.

„Tjawoll, wir singen das Ischiaslied!“ stimmte Hagedorn sofort zu. Ihr wißt doch: „I schias den Hirsch . . .“

Ganz rein war der Gesang zwar nicht mehr, dafür aber stark und froh. Bei diesem Singsang bemerkte Heuser zufällig, wie scharf der Kollege Brandau die Getränke mixte.

‚Der meint es ja gut mit uns! Na, mich betrügst du nicht länger!‘ sagte er sich und ging an die frische Luft. Olala – da spürte er bereits die Wirkung des tückischen Gemisches. Durch die Hintertür gelangte er in die Küche der Gastwirtschaft und ließ sich dort von der Wirtin, die gerade eine kleine Kaffeepause machte, einen besonders starken Kaffee brühen und trank ihn mit großem Genuß.

Währenddessen hatte die Stimmung im Schankraum ihren Höhepunkt erreicht. Lautes Stimmengewirr und dröhnendes Lachen schlugen Heuser entgegen, als er ihn wieder betrat. Erschrocken sah er jetzt vier der Zweiliterflaschen auf dem Tisch stehen. Brandau füllte nun die Gläser randvoll mit Whisky.

„Bist du wahnsinnig!?“ fuhr er ihn an. „Willst du alle auf einmal vergiften?“

„Wenn sie doch immer noch haben wollen . . .“, rechtfertigte sich Brandau.

„Schluß jetzt! Keinen Tropfen Alkohol mehr!“

„Ja, ja, ist schon gut! Ich gieße nur noch Cola ein.“

Heuser sah sich die Tischrunde an, sah sorgenvoll die erhitzten Gesichter, die gestikulierenden Hände. Hagedorn erzählte gerade von dem angeschossenen Keiler, der sich an dem Wilddieb rächte und ihm die Hose und die rechte A . . .backe aufschlitzte. Die Zuhörer trommelten mit Händen und Füßen.

Wenzel hatte seinen Arm um Vylers Schulter gelegt und bot ihm seine Dienste an: „Ich deinen Kopf abkochen und sauber machen – okay?“

„Du cooken mein Kopf? Du sein varrict! Ho-ho-ho!“

„Au backe – wie blöd! Den Hirschkopf doch – verstehst du?“

„Aah – Hirskopf! Aah soo! Yes, das sein gut!“

„Na also! Morgen abend sein fertig. Prost!“

„Proust, proust, comrade!“

Heuser war sich darüber im klaren, daß die jetzt noch fröhlichen Zecher auf keinen Fall ans Steuer durften. Er wandte sich an Brandau: „Ich hole rasch meinen Wagen und fahre die drei Hochwälder heim. Du bringst die Behringer nach Hause. Die Autos können sie morgen abholen."

„Ja ja, wenn's sein muß . . .", brummte Brandau.

„Natürlich – hast es ihnen ja eingebrockt!" Als Heuser mit seinem Wagen zurück war, fiel ihm beim Betreten des Schankraumes sofort auf, daß der Platz neben Vyler und auch der Trophäentisch leer waren.

„Wo ist Wenzel?" fragte er Kuhnert besorgt.

„Wo – der – hupp – hat sich den Hirschschädel geschnappt und – hupp – ist mit ihm ab – ha – ha – ha . . ."

„Verdammt!" schimpfte Heuser. „Das geht doch schief!" Schon war er wieder draußen und fuhr dem angetrunkenen Haumeister nach. Bis zur Nebenstraße hinter der Kirche hatte es Wenzel noch geschafft. Aber dann lagen sie da: zuerst das Hirschhaupt mitten auf der Fahrbahn, vier Meter weiter auf dem Bürgersteig der Filzhut und schließlich auf dem leicht ansteigenden Grünstreifen der Haumeister selbst – in tiefem Schlummer.

Heuser fuhr dicht heran, verstaute erst das Haupt des Hirsches und den Filzhut in seinem Wagen, rüttelte dann den Schlafenden ziemlich unsanft wach und zischte ihm ins Ohr: „Menschenskind, Wenzel! Wollen Sie sich den Tod holen?"

Das Wort Tod schien bis in das umnebelte Gehirn zu dringen. Wenzel hob ruckartig den Kopf und lallte: „Bin nicht dot . . . rrrrr . . .“ rasselte er und knirschte mit den Zähnen. „Bin ganz heile – djipp . . .“

„Und total besoffen!“ fügte Heuser grimmig hinzu. „Hoch jetzt mit dem Hintern und auf die Beine!“

Er packte ihn am Kragen und am Hosenbund, brachte den Schwankenden in die Höhe und mit Mühe auch in den Wagen. Einige Leute waren hinzugekommen und erzählten ihm, daß sie bereits versucht hätten, Wenzel nach Hause zu bringen. Der aber hätte gedroht, sie zu erschlagen, wenn sie ihn anrühren sollten.

„Kenne ich!“ sagte Heuser lachend. „Der gehorcht nur seinem Chef. Haben Sie Dank für ihre Mühe! Wiedersehn!“

Schleunigst fuhr er ab, brachte den Haumeister zu seiner Wohnung und wollte ihm aus dem Wagen helfen. Aber der hatte sich erstaunlicherweise so weit erholt, daß er sich ohne Hilfe hinauswuchtete und murmelte: „Danke, Chef! Komm schon klar! So irre viel von dem verdammten Schnaps – verdammt . . .“

Am Treppengeländer zog er sich hoch, verschwand hinter der Haustür. „So, nun noch die anderen! Hoffentlich klappt das auch so!“ sprach der Amtmann zu sich selbst und fuhr eiligst zum Jägerhof zurück. Er und Brandau hatten einige Mühe, die stark angeschlagenen Kollegen nach Hause zu bringen. Aber schließlich wurden doch alle

‚traurigen Bacchanten' – Ausspruch von Irmgard Hagedorn – glücklich und wohlbehalten bei den seufzenden Ehefrauen abgeliefert.

Als Allerletzter polterte der Hauptakteur, der amerikanische Jagdgast Vyler, die Treppe zu seinem Zimmer hinauf, ununterbrochen „Hirs toot – Hirs tooooot!" lallend . . .

Heinrichs Regenbogen

Der Sonntagsbraten hatte uns vortrefflich gemundet. Meine Frau hatte noch Appetit auf eine Tasse Kaffee. Ich wollte lieber einen Kognak trinken und war schon auf dem Weg zum Büfett. In diesem Augenblick rauschte ein Wagen am Fenster vorbei auf den Hof, und Sekunden später läutete es an der Haustür. Als ich öffnete, stand Freund Heinrich in seiner Jagdmontur vor mir, einen respektablen Bruch am Hut und in offensichtlich angeregter Stimmung.

„Donnerwetter! Der Heinrich von großer Safari zurück! Waidmannsheil!"

„Waidmannsdank, mein Lieber! Jawoll, habe einen Bock geschossen! Ist aber noch nicht ganz verendet – verstehst Du?"

„Beinahe! Aber komm erst mal rein, Junge!"

„Nein, nix da! Du mußt sofort mitkommen! Der Wilfrat sitzt im Wagen und bewacht den Bock. Aber er ist am Verdursten – verstehst Du?"

„Ja, ja, ich verstehe! Ihr seid wirklich rührend! Einen Augenblick, bitte." Ich ging in die Küche und sagte zu meiner Frau: „Laß dir den Kaffee gut schmecken. Ich trinke meinen Kognak im Gasthaus zur Rast. Der Heinrich hat einen Bock geschossen."

„. . . und dich zum Tottrinken eingeladen!? Wenn du nicht zum Abendessen kommst, ruf bitte an."

„Aber nein! Wenn du das Wochenmagazin gelesen hast, bin ich wieder zurück. Der Bock ist nämlich schon halb tot – getrunken . . ."

„Soso! Na dann . . . Viel Spaß!"

„Danke! Dir auch!" Der Wagen stand schon mit der Nase zum Städtchen. Wilfrat begrüßte mich ebenfalls in strahlender Laune. Der Bock war ein bescheidener Sechserbock, einer der Ewig-Mittelmäßigen, vielleicht schon ein bißchen zurückgesetzt.

„Kein Kapitaler. Aber hundertprozentig richtig geschossen! Wo bringst Du den her?"

„Komm, steig ein! Erzählen wir alles beim Schoppen."

Nach fünf Minuten saßen wir bereits im Gasthaus zur Rast, und Freund Heinrich rief: „Herr Wirt, drei Kognak und drei Bier, bitte." Dann wandte er sich an mich: „Mein Lieber, Du hast sicher schon stärkere Böcke geschossen; aber für mich war dieser bescheidene Bock ein aufregendes Jagderlebnis!"

„So etwas habe ich noch nicht erlebt!" fügte Wilfrat grinsend hinzu.

„Ja, was denn nun? Vielleicht erzählst Du endlich der Reihe nach, was Ihr erlebt habt!“ forderte ich den Schützen auf.

„Sofort, mein Guter, sofort! Aber erst mal prost!“ Er ließ dem Wirt kaum Zeit, die Gläser auf den Tisch zu stellen. Wir kippten kurz und spülten lang nach.

„So!“ sagte Heinrich und wischte sich den Schaum vom Mund. „Jetzt ist das Kugellager wieder geölt. Also höre zu! Der Bock ist ein Gästebock und stammt aus dem Revier Ellerfelde. Ich war der Gast – klar, nicht wahr? Heute morgen, vier Uhr, sollte das Treffen mit dem Revierinhaber sein. Er war pünktlich da – ich nicht. Das hatte seinen schlechten Grund, mußt Du wissen. Wir haben einen Wekker, der hat Launen. Der weckt 21mal pünktlich und gründlich; aber beim 22. Male streikt er. Dann hat er keine Lust. Heute war sein Streiktag. Ich wachte erst auf, als ich schon an der Jagdhütte hätte sein sollen. Du kannst Dir denken, wie peinlich mir das war – wo ich doch sonst die Pünktlichkeit selbst bin. Ich sauste in die Kleider – ein geölter Blitz ist nichts dagegen! Und weil die Straßen am frühen Sonntagmorgen noch ziemlich leer waren, gab ich Gas, durchfuhr drei abgesicherte Baustellen bei Rotlicht und war kurz vor fünf an der Hütte. Was soll ich Dir sagen: der Jagdherr, mein Freund und Gönner, wartete noch auf mich und hatte sogar Verständnis für meine Verspätung.“

„Nun sage bloß, der Bock hätte das auch gehabt und ebenfalls auf Dich gewartet?“

„So ungefähr, Prost!“

„Prost! Prost!“

„Hör zu! Wir marschierten sofort los und bestiegen schon nach wenigen Minuten eine Zehn-Meter-Kanzel. Vor uns lag eine Abtriebsfläche, bewachsen mit Jungfichten und allen möglichen Schlagunkräutern. Dahinter konnten wir ein Wiesental einsehen. Entfernung etwa 300 Meter. Zunächst zeigte sich nichts. Um so freundlicher blaute der Himmel, lachte die Sonne. Dann waren sie plötzlich da: die Ricke und der treibende Bock! Hinten auf der Wiese. Nach einem längeren Blick durchs Glas sagte der Jagdherr: ‚Das ist er! Wir müssen ran!‘ Die Pirsch über den verwachsenen Kahlschlag war kein Spaziergang, kann ich Dir sagen! Mir stand der Schweiß auf der Stirn, als wir endlich unten ankamen und durch einen Haselstrauch auf die Wiese spähten. Sie war leer. Zu meiner Enttäuschung gesellte sich ein Riesendurst – Freunde, laßt uns trinken, trinken!“

Wir leerten die Gläser. Heinrich winkte dem Wirt. Dann fuhr er fort: „Wir standen noch unschlüssig hinter unserem Haselstrauch, als ein Bock aus dem jungen Fichtenbestand jenseits des schmalen Tales auf die Wiese trat. Kaum hatte ihn der Jagdherr angesprochen, da flüsterte er mir auch schon zu: ‚Er ist es! Sofort schießen!‘ Ich suchte nach einer Möglichkeit, aufzulegen oder anzustreichen – vergeblich. Ich ging kniend in Anschlag, fand aber keine Lücke im Strauch. Es riß an den Nerven. Schweiß rann mir ins Gesicht. ‚Sofort schießen‘ hatte der Jagdherr gesagt. Mir blieb nichts anderes übrig, als stehend freihändig zu schießen. Im Schuß warf der Bock auf und – kam im Stechschritt auf uns zu!"

„Das klingt ja schon ein bißchen wie Jägerlatein?!" warf ich ein.

Aber Freund Heinrich winkte nur verächtlich ab und sprach weiter: „Eine Sekunde war ich perplex, repetierte dann aber sofort und hielt auf den Stich. Diesmal ruckte er zusammen und flüchtete schräg zur Abtriebsfläche hin. Einen dritten Schuß konnte ich wegen der vielen Äste nicht anbringen. Wir gingen zum Anschuß, suchten vergeblich nach einem Schußzeichen und verbrachen ihn, folgten dann vorsichtig der Fluchtfährte, die im taunassen Gras leicht zu halten war. Kurz vor dem Kahlschlag fanden wir dann etwas Wildpretschweiß.

‚Ein guter Hund muß her!' entschied der Jagdherr sofort. Wir verbrachen auch diese Stelle und fuhren zum ‚Gasthaus im stillen Winkel', um zu telefonieren. Wilfrat, der Frühaufsteher, war auch gleich am Apparat. Ich bat ihn, mit seinem DD-Rüden zur Nachsuche zu kommen, und erhielt sofort seine Zusage. Er wollte gegen neun Uhr am Gasthaus sein. Während der Jagdherr noch rasch nach Hause fuhr, konnte ich endlich meinen Durst stillen. Drei Biere zischten förmlich durch meine trockene Kehle – Prost, Freunde – und ich säße vielleicht jetzt noch da, wenn man draußen nicht herausfordernd gehupt hätte. Sehr pünktlich und fast gleichzeitig kamen der Jagdherr und

Wilfrat angebraust. Wir fuhren sogleich ins Revier und begaben uns ins Wiesental, wo wir den Schweißtropfen verbrochen hatten. Fünfzehn Minuten sollte unser Hundeführer warten, bis wir die beiden Hochsitze am Altholzrand bestiegen hätten. Ich war schon nach sieben Minuten auf meiner Kanzel, und die Zeit wurde mir endlos lang. Mich quälte nämlich nicht nur die Ungewißheit um meinen Bock, sondern fast noch mehr ein gewisser Druck, der zweifellos von vielen Bieren herrührte. Ich glaube, es waren mehr als ein halbes Dutzend. – Prost, Freunde, und es schmeckt immer noch!"

„Prost, alter Genießer!"

„Obwohl also der Druck immer stärker wurde, wagte ich es nicht mehr, hinabzuklettern. Jeden Augenblick konnte ja der Hund Laut geben und der Bock kommen. Ich stieg nicht hinab, sondern – im Gegenteil! – noch höher hinauf, auf die Kanzelbank, um das stark bewachsene Gelände besser einsehen zu können. Doch vorerst zeigte sich nichts, war auch nichts zu hören. Indessen wurde jedoch der besagte Druck unerträglich, und ich ließ dem Wasser, das schon bei Münchhausens Abenteuern eine wichtige Rolle spielte, über die Brüstung hinweg freien Lauf!"

„Gestatte, daß ich die Angelegenheit aus meiner Sicht weiter darstelle!" mischte sich in diesem Augenblick Wilfrat ein. „Ich war meinem Hasso ein Stück am Schweißriemen gefolgt, bis mir dichte Brombeerranken den Weg versperrten. Ich sah kein Durchkommen und schnallte den

Rüden. Während er im Unterwuchs verschwand, ließ ich meinen Blick über die Abtriebsfläche wandern. Donnerwetter – was war denn das? Oben vor dem Hochwald, in ungefähr zehn Metern Höhe, ging ein kleiner, wunderschöner Regenbogen im Sonnenschein – obwohl keine atmosphärischen Voraussetzungen dafür gegeben waren! Ich hob das Glas und sah den Heinrich auf der Kanzelbank, mit der rechten Hand krampfhaft die Büchse haltend, mit der linken ebenso den – ha-ha – ho-ho – ha-ha-ho! Da gab mein Hasso plötzlich Laut, und im selben Augenblick fiel auf dem Hochsitz der schöne Regenbogen zusammen – ich sah nur noch hastige Bewegungen."

„Ja, ja, zum Verrücktwerden war's!" nahm nun Heinrich wieder das Wort. „Ich hörte den Hundelaut, ließ unten los, ging in Anschlag und stand da wie ein eingeklemmter Besenstiel. Dann hörte ich Hasso spurlaut zu mir heraufkommen und sah plötzlich auch den Bock. Er verhoffte inmitten dichter Farnkräuter und zeigte mir nur ein bißchen von der Vorhand. Ich mußte die Chance nutzen, und Diana war mir hold. Im Knall riß es den Bock zu Boden, und dann verrieten nur noch ein paar wippende Farnwedel, wo der Bock schlegelte. Junge, was hab' ich tief Luft geholt! Erst beim Herausziehen der Hülse wurde mir bewußt, daß ich noch etwas an mir zu ordnen hatte. Dann beeilte ich mich, zum Bock zu kommen. Wilfrat war bereits da und begrüßte mich mit seinem bekannten, unverschämten Grinsen. Doch ich nahm es ihm nicht übel. Er und sein Hasso hatten ja großen Anteil an meinem Erfolg.

„Prost, Heinrich! Die Freude sei Dir wirklich gegönnt!"

„Na, das will ich meinen! – Herr Wirt, noch 'ne Runde! – Der Rest ist schnell erzählt. Der Jagdherr kam hinzu, gratulierte, begutachtete den Bock und lobte den letzten Schuß, der wie gezirkelt auf dem Halsansatz saß. Mein Gönner überreichte mir dann den Schützenbruch, von dem ich die Hälfte an Wilfrat weitergab. Ich weiß doch, was sich gehört. Meine Einladung zum Tottrinken konnte der Jagdherr nicht annehmen, weil er Besuch erwartete. Wilfrat half mir beim Aufbrechen und Transport des Bockes zum Wagen. Im Gasthaus zum stillen Winkel tranken wir ihn halbtot – und jetzt wollen wir ihn endgültig tottrinken! Prost, liebe Gemeinde!"

Kein Jägerlatein

Vom Hirsch entwaffnet

Manche Jagderlebnisse übertrumpfen das phantasievollste Jägerlatein! Hätte man sie nicht miterlebt, würde man über die „gut erfundene Geschichte“ ein bißchen schmunzeln, aber niemals daran glauben. Das nachfolgend beschriebene Ereignis ist kein Jägerlatein!

Der Leiter eines staatlichen Forstamtes hatte telefonisch zu einer Drückjagd auf Rot- und Schwarzwild eingeladen. Nach einer Neuen war gekreist und in einer Dickung eine Rotte Sauen, in einer anderen ein Rudel Rotwild bestätigt worden. Pünktlich trafen Treiber und Schützen – die Beamten des Forstamtes und die benachbarten Jäger der Grauen Zunft – auf dem Sammelplatz ein. Nach Begrüßung und Bekanntgabe des zu schießenden Wildes wurde zuerst die nahe gelegene Dickung umstellt, in der die Schwarzkittel steckten. Weithin hallte das Hornsignal durch den Winterwald, das die Treiber zum Angehen aufforderte. Plötzlich war wütender Hetzlaut der Stöberhunde zu hören, und dann fielen in kurzen Abständen an der Front und an der rechten Flanke des Treibens neun Schüsse.

Es wurde an diesem Tage recht gut geschossen. Zwei Überläufer und ein angehender Keiler lagen auf der Strekke; ein weiteres schwächeres Stück hatte nach Angaben des Schützen einen Weidwundschuß erhalten. Der Anschuß war verbrochen. Der Jagdleiter entschied, die Nachsuche erst nach dem nächsten Treiben durchzuführen, um das Stück nicht vorzeitig aufzumüden. Auf den guten Anfangserfolg ließ er ein Schnäpschen kreisen.

Das Rotwildtreiben brachte dann das sagenhafte Ereignis. Die Dickung wurde besonders sorgfältig und leise umstellt. Auf der Feuerschneise, die durch das Dickicht führte, wurden die bekannten „Schnellschützen" postiert. Zu ihnen gehörte auch der Oberförster Hinze, der noch einige sichthindernde Zweige abbrach, bevor er sich schußfertig machte. Noch herrschte tiefste Stille; dann wurde auch dieses Treiben angeblasen und schon nach wenigen Minuten wurde es laut im dichten Tann.

„Achtung! Rotwild nach vorn!" riefen aufgeregt die Treiber, und das giftige Läuten der kleinen Hunde ließ erkennen, wohin das Wild flüchtete.

Hinze hörte es poltern, rascheln, ging sofort in Anschlag – im nächsten Augenblick flog langgestreckt ein schwerer Körper dicht vor ihm durch die Luft, riß ihm die Büchse aus den Händen, raste mit der über dem Geweih hängenden Waffe wieder ins Dickicht hinein – ein Schuß krachte – hartes Anschlagen, Brechen, Poltern – Stille. Benommen und verwirrt starrte Hinze auf die Jungtannen zur Linken, an denen noch einige schneefreie Zweige zitterten, und nahm nur halbbewußt wahr, wie mehrere Stücke Kahlwild die Schneise überfielen und von den Nachbarschützen beschossen wurden. Danach fielen auch noch einige Schüsse an der Front, und bald darauf erklang das Signal „Hahn in Ruh!“.

Erst als die Nachbarn ihre Stände verließen, rührte sich Oberförster Hinze von seinem Fleck. Langsam ging er zu seinem Kollegen Neumann hinüber, der von dem ungewöhnlichen Vorfall nichts bemerkt hatte.

„Hör mal, August, ein Hirsch hat meine Büchse geklaut!“ sagte er in einem seltsamen Ton; es klang, als könne er seinen eigenen Worten nicht glauben. Neumann sah ihn denn auch nur verständnislos an.

„Was sagst du? Ein Hirsch – deine Waffe? Bist du verrückt?“

„Nahe dran! Mensch, meine schöne Büchse ist hin – wenn ich sie überhaupt noch finde!“ sprach Hinze wie in Trance. Neumann holte zuerst eine Schachtel Zigaretten hervor, hielt sie seinem erschütterten Nebenmann hin, gab ihm Feuer, zog dann ein flaches, grünes Fläschchen aus der Brusttasche und sagte:

„So, jetzt mach’ erst mal die Flasche leer! Das bringt dir deine Lebensgeister zurück. Und dann erzähl der Reihe nach, was passiert ist.“ Hinze tat einen kurzen Zug aus der Zigarette, einen sehr langen aus der Flasche und sagte nach tiefem Durchatmen:

„August, das gibt es in keinem Jägerlatein! Daß nämlich der Hirsch die Waffe klaut, bevor sie ihn erschießt!“

Mit wenigen, aber sehr drastischen Sätzen schilderte er dem kopfschüttelnden Kollegen das Geschehen.

„Dunnerwetter! Dunnerwetter! Das is' 'n Ding!“ staunte Neumann grinsend. „Das sprengt alles bisher Dagewesene! Junge, das wird noch ein schlimmer Tag und eine noch schlimmere Nacht für dich! Stärke dich noch mal vorher.“

Als Hinze die Flasche zurückgab, war von dem guten Kognak nur noch ein kleiner Rest übrig, und den schluckte der Besitzer hinunter. Die vier anderen Schützen auf der Feuerschneise waren stark beschäftigt. Zwei von ihnen brachen gemeinsam ein erlegtes Tier auf; die beiden anderen suchten offenbar nach etwaigen Schuß- oder anderen Zeichen. Hinze und Neumann beschlossen, ebenfalls nachzusuchen – natürlich nicht nach einem Stück Wild, sondern nach der Büchse. Aber so einfach, wie sie es sich vorgestellt hatten, war es nicht. Die dicht stehenden Jungtannen hatten den Schnee fast restlos aufgefangen, so daß die Fährte des Hirsches nur schwer zu halten war. Aber in Brusthöhe waren wiederholt Zweige und sogar stärkere Äste geknickt, die den Fluchtweg etwas besser anzeigten. Nach etwa siebzig Metern fanden sie tatsächlich die Waffe. Der Riemen war zerrissen, das Schloß fehlte, am Schaft befanden sich mehrere Kratzer. Sonst waren im Augenblick keine weiteren Schäden festzustellen. Die Hauptsache aber: wo war das Schloß? Obwohl sie auf dem Rückweg sorgfältig danach suchten, fanden sie es nicht.

Auf der Feuerschneise war niemand mehr zu sehen. Das Horn hatte auch schon zweimal „Wo bist du denn?“ gerufen. „Komm erst mal zum Sammelplatz! Wir müssen die Sache melden und dann nochmals mit Reinhards Wachtel nachsuchen; der soll ja ein Allesapporteur sein“, sprach Neumann zu Hinze, und im Eilschritt begaben sie sich zur Jagdgesellschaft. Alle Augen waren erwartungsvoll auf die Ankömmlinge gerichtet. Der erste Schuß war ja gehört worden, und daß die beiden erst jetzt ankamen, mußte wohl seinen Grund haben. Hinze, den die tiefen Züge aus der Kognakflasche galgen-humorvoll gestimmt hatten, machte laut und deutlich Meldung:

„Nachsuche mit Teilerfolg beendet! Büchse ohne Schloß gefunden!“

Schweigen ringsum. Verständnislose, zum Teil betretene Gesichter. Der Hinze war besoffen.

„Wie – bitte!“ fragte der Forstmeister und sah auch nicht gerade sehr geistreich aus.

Entschlossen und hilfreich sprang der Kollege Neumann ein: „Herr Möring, dem Kollegen Hinze ist tatsächlich etwas ganz Unglaubliches passiert! Ein Hirsch hat ihm seine Büchse aus dem Anschlag weg in die Dickung mitgerissen!“

Wiederum eine Sekunde tiefster Stille. Dann schallendes Gelächter, das weit durch den Wald hallte. Es dauerte mehr als fünf Minuten, bis Neumann bruchstückweise über weitere Einzelheiten berichten konnte. Er wurde ständig von Lachsalven unterbrochen. Plötzlich rief der dicke Meyer erregt aus:

„Leute, das ist mein Hirsch gewesen! Der hat ja deutliche Haarabschürfungen am Brustkern und an den Vorderläufen."

„Wahrhaftig, das ist Meyers Gabler", bestätigte der Forstmeister, und die ganze Gesellschaft überzeugte sich davon, daß der Hirsch vorn mehrere Kahlflecke aufwies.

„Meine Herren, wir müssen weiter!" sagte endlich der Jagdleiter. „Die Herren Hinze, Neumann und Reinhardt, letzterer mit seinem Wachtel, suchen noch einmal nach dem Schloß. Wir fahren zurück zur Nachsuche nach dem Wutz, und Treffpunkt für alle ist dann der Felsenkeller. Schüsseltreiben dort um 17 Uhr."

Außer dem Hirsch waren noch ein Schmaltier und ein Kalb erlegt worden. Die Stücke wurden verladen, und die Fahrzeugkolonne setzte sich in Bewegung. Hinze, Neumann und Reinhardt aber marschierten zur Feuerschneise zurück, um das Schloß zu suchen. Bauz, der Wachtelrüde, beschnupperte zunächst den hingehaltenen Büchsenlauf und nahm dann bedächtig die Suche auf. Nach wenigen Minuten schon fand er das kostbare Stück einen halben Meter neben der Hirschfährte in der Nadelstreu. Es schien nicht beschädigt zu sein und ließ sich auch leicht einschieben.

„Da sieht man wieder, was so eine feine Hundenase wert ist. Wir hätten das Ding doch nie gefunden. Jetzt brauchst du die Büchse nur noch justieren zu lassen, den Riemen reparierst du selbst, und alles ist wieder in Ordnung!" Neumann klopfte seinem Kollegen Hinze kräftig auf die Schulter.

„Das wäre schön! Aber was meinst du, wie die mich heute abend rupfen werden!" antwortete Hinze grimmig. Lachend machten sie sich auf den Weg zu ihren Wagen.

Frühzeitig traf man sich im Felsenkeller. Die Stimmung war ausgezeichnet. Eine so erfolg- und erlebnisreiche Jagd hatte es schon lange nicht gegeben. Bereits vor dem Essen kreiste die erste hochprozentige Flasche, wurden die Biergläser mehrmals neu gefüllt, schossen die ersten scharfen Witze durch den rauchgeschwängerten Raum.

Nach dem vorzüglichen Braten ging es erst richtig los. Forstmeister Möring gab einen zündenden Jagdbericht, ernannte den „Hirschtöter" Meyer zum Jagdkönig, den „Keilerfäller" Fallrich zum ersten und den „Schmaltierstrecker" Stracke zum zweiten Ritter, den Amtsgerichtsrat Scharfe aber zum Vorsitzenden des Jagdgerichts. Während letzterer schon die Vorbereitungen zur „hochnotpeinlichen Sitzung" traf, wie er schmunzelnd ankündigte, dankte Jagdkönig Meyer in launiger Rede dem Jagdleiter und seinen Helfern für die vorbildliche Durchführung der Jagd, witzelte natürlich auch über das „Jahrhundertereignis deutscher Jagdgeschichte" und gab schließlich „Doppelrunde kurz-lang". Auch die Ritter ließen es sich nicht nehmen, mit je einer Lage „den herrlichen Durst löschen zu helfen", wie Fallrich es ausdrückte.

Dann eröffnete Scharfe feierlich die Gerichtsverhandlung gegen „Hinze und Co." Zuerst wurden einige „leichte Vergehen und Übertretungen" abgeurteilt, wobei sich Staatsanwalt und Verteidiger heiße Wortgefechte lieferten. Mit überzeugender Begründung sprach Scharfe die Urteile stets im Sinne des Anklagevertreters.

Zuletzt wurde der „Hauptangeklagte Hinze" aufgerufen und „wegen hinterlistigen, zuhälterischen Haltens der Waffe, um einen edlen Hirsch auf höchst unwaidmännische Art und Weise zu fangen", scharf verhört. Immer neue Lachsalven dröhnten durch den Felsenkeller, bis Scharfe endlich das Urteil verkündete:

„Zur Aussöhnung mit der schwer beleidigten Jagdgöttin Diana, dem empörten Schutzpatron Hubertus und der erbosten Jägerschaft läßt der Angeklagte zwei Flaschen besänftigenden Weinbrands ausschenken."

Nun, besänftigen ließ sich die Jagdgesellschaft dadurch keineswegs. Im Gegenteil! Ein wahres Bombardement von immer neuen Sticheleien und Witzen mußte Hinze über sich ergehen lassen, den aber nichts mehr erschüttern konnte; lauthals lachte er mit den anderen mit.

Zwei Schüsse – vier Wutze

Für seine Hubertusjagd hatte sich der Kreisjagdberater Hohmann ein besseres Wetter gewünscht. Ein neblig-trüber, naß-kalter Novembertag war angebrochen, als sich die Jagdgesellschaft am „Egelskopf" versammelte. Aber man war schon froh, daß die Sicht für waidgerechte Schüsse noch ausreichen würde. Für den Vormittag waren 4 Feldtreiben vorgesehen. 3 Füchse, 48 Hasen, 11 Fasanenhähne und 26 Rebhühner kamen zur Strecke. Mit Spannung sah man nach dem Frühstück den 3 Waldtreiben entgegen. „Hohmanns Saujagden" waren bei den Jägern der nahen und weiteren Umgebung schon zu einem festen Begriff geworden. Der Jagdherr tat einiges, um seinen Gästen einen besonderen jagdlichen Leckerbissen zu bieten. Bis zur Hubertusjagd herrschte in den großen Nadelholzdikkungen absolute Jagdruhe; nur in der Feldmark durfte auf Schwarzwild angesessen werden. Im Wald wurden die Fütterungen frühzeitig und reich beschickt. So nahm es nicht wunder, daß hier immer ein starker Schwarzbildbestand vorhanden war.

Im ersten Treiben wurde auch bereits eine beachtliche Strecke erzielt. Zwei Keiler und drei Überläufer lagen danach auf der Schwarte. Doch das Wetter wurde immer unfreundlicher. Die Temperatur sank unter null Grad, und der Nebel verstärkte sich mehr und mehr. Hohmann beschloß, nur noch das Haupttreiben, einen langgestreckten Hang mit teilweise sehr dichtem Bewuchs von Dörnern und Schlingpflanzen, zu nehmen. Hier wurden auch die beiden

Jagdterrier geschnallt, weil sich die Sauen erfahrungsgemäß aus den unzugänglichen Partien von den Treibern nicht herausbringen ließen.

Der Rittergutsbesitzer von Brosius hatte seinen Stand auf einer Blöße, die von einem alten Steinbruch herrührte; zahlreiche kantige Felsbrocken lagen noch umher. Er lud seinen Drilling mit der „stärksten Bestückung", wie er die Ladung mit Kugel- und Brennekepatronen zu nennen pflegte. Dann setzte er sich auf seinen Jagdstuhl und zündete sich eine dicke Brasil an. So ein großes Waldtreiben dauerte halt seine Zeit. Aber er hatte die Zigarre noch nicht zu Ende geraucht, als das Treiben schon angeblasen wurde. Während er noch genüßlich weiterrauchte und an den Keiler dachte, der im vergangenen Jahr so dicht an ihm vorbeirauschte, daß er beinahe umgerissen worden wäre, wurde es plötzlich laut im Tann. Scharfer Hetzlaut der Terrier erklang, und dann brüllten die Treiber: „Sauen nach oben! Sauen nach vorn! Ho – hau – ho!"

Bald darauf knallte es oberhalb der Dickung vier-, fünfmal hintereinander und in kurzen Abständen noch dreimal. Dann hörte von Brosius es mächtig poltern, sprang auf, ließ den Zigarrenstummel fallen und entsicherte – gerade noch rechtzeitig! Urplötzlich war eine starke Überläuferrotte vor ihm, die jäh verhoffte, als er die Waffe hochriß. Er hielt auf den nächsten, kaum zehn Meter entfernten Wutz und drückte ab. Aber da brach nicht nur dieser, da sackten noch zwei andere zusammen! Wild stob die Rotte durcheinander. Nachfahrend konnte der Schütze noch den letzten Überläufer packen, der, von dem Flintenlaufgeschoß getroffen, wie ein Hase ins Dickicht rutschte und liegenblieb.

Der Freiherr von Brosius blickte sich ungläubig um. Aber wahrhaftig: da lagen vier Überläufer – beinahe im Halbkreis – wie hingemäht. Wie konnte das geschehen? Es gab eine Erklärung, daß die Kugel den ersten Wutz durchschlagen hatte, am dahinter liegenden Felsbrocken zersplittert war und zwei der daneben stehenden Überläufer von diesen Splittern tödlich getroffen wurden. Beim genaueren Hinsehen entdeckte er auch tatsächlich ganz frische Kratzer an dem schweren Stein. Erst jetzt wurde ihm bewußt, daß ihn selbst bei der kurzen Entfernung so ein gefährliches Metallteilchen hätte treffen können.

Während er die Hülsen und die Brenneke aus den Läufen zog und zur Beruhigung noch eine Zigarre in Brand setzte, fielen an der Front noch sechs Schüsse. ‚Wenn die ähnlich gut getroffen haben, muß es ja eine Mordsstrecke geben!' dachte von Brosius und stieß zufrieden ein paar mächtige Rauchwolken in die diesige Luft.

Bald darauf wurde abgeblasen. Der Meisterschütze tat noch einen langen Zug aus der geliebten Brasil, legte die Joppe ab und begann mit dem Aufbrechen. Bald kam sein Nachbarschütze, Baron von Tuchwitz, hinzu, sah den am Überläufer arbeitenden Freund, sah auch den zweiten und dritten Wutz auf der kahlen Fläche liegen und rief ungläubig aus: „Ich werd' verrückt! Drei Sauen auf einmal! Und ich hab' doch nur zwei Schüsse gehört!"

„Hast richtig gehört, mein Freund! Aber da am Buschrand liegt noch eine. Kannst sie gleich rausziehen und aufbrechen."

„Das gibt's doch nicht! Zwei Schuß und vier Sauen!?"

„Jetzt pack erst mal mit an!"

„Ja, ja, ich komme ja schon!" raunzte von Tuchwitz und zog den Lodenmantel aus. Sie arbeiteten mit Fleiß und Routine. Dabei erzählte von Brosius, wie es zu der Massenstrecke kam.

„Das gibt's doch nicht! Das gibt's doch nicht!" flötete der Baron nach jedem Satz. „Na, das wird 'ne Gaudi geben!" „Fürchte ich auch!" stimmte ihm der Schütze zu. „Eine sehr teure sogar!"

Als sie den dritten Wutz aufbrachen, erschienen der „Adjutant" des Jagdherrn, der Jungjäger Buchmann, und zwei Treiber, „um dem Herrn Gutsbesitzer eventuell behilflich zu sein".

Beim Schüsseltreiben erzählte von Tuchwitz grinsend: „Als sie den Segen sahen, standen sie da mit offenen Mäulern und dämlichen Gesichtern."

„Zupacken! Zupacken! Keine Maulaffen feilhalten!" kommandierte von Brosius und deutete auf den vierten, noch nicht aufgebrochenen Wutz. Am Sammelplatz, auf dem bereits ein mächtiges Feuer prasselte, gab's ein großes Hallo und Staunen und Fragen, als man hörte, daß der Freiherr von Brosius vier Sauen mit zwei Schüssen erlegt hatte.

„Waidgesellen, darauf müssen wir sofort einen trinken! Buchmann, dafür sind Sie zuständig!“ rief gutgelaunt der Jagdherr aus. Während Asbach und Bommerlunder die Runde um das Feuer machten, wurde mit dem Wildwagen die Strecke des letzten Treibens herangeschafft. Ein weiterer Keiler, eine Bache, sechs Überläufer und ein Fuchs waren hier erlegt worden. Oberförster Barsig sorgte dafür, daß die „mit dem Paradeblock von zwölf Schwarzkitteln gezierte Strecke“, wie er den hohen Anteil des Schwarzwildes hervorhob, brauchtumsgerecht gelegt wurde.

Inzwischen waren auch die Flaschen geleert und die Gäste in lebhafter, aufgeräumter Stimmung. Energisch mußte Hohmann um Ruhe bitten, bevor er ein lustiges Resümee über den abgelaufenen Jagdtag geben konnte. Als er den Freiherrn von Brosius „mit dem besten Treff-Ergebnis aller Zeiten“ zum Jagdkönig ernannte und ihm als erstem die Brüche überreichte, brandete starker Beifall auf. Dann verkündeten die Hörner Sau-, Fuchs, Has- und Geflügeltot sowie das feierliche „Jagd vorbei“ und „Halali“.

„Das Schüsseltreiben findet um 18 Uhr im Tannenhof statt!“ rief Hohmann der aufbrechenden Jagdgesellschaft zu. Dann fuhr die Autokolonne durch den immer dichter werdenden Nebel zum Städtchen hinunter und parkte auf dem großen Platz vor der Gaststätte. Von Brosius versorgte seinen Wagen auf seine Weise für die Heimfahrt.

Im Tannenhof ging's gleich hoch her. Das Getränk der ersten Stunde war heißer Grog, der der Gesellschaft schon vor dem Essen gehörig einheizte. Nach dem „kapitalen Schweinebraten“ wurden „scharfe Kurze“ mit „schaumgekrönten Langen“ hinuntergespült. Kein Wunder, daß bald eine Bombenstimmung im Saal herrschte. Sie steuerte ihrem Höhepunkt zu, als Hohmann den Ablauf des Jagdtages in überaus humorvoller, spritziger Weise schilderte und dann von Brosius dem Jagdherrn hohes Lob und Waidmannsdank für die vorbildlich geleitete, so überaus erfolgreiche Jagd aussprach, das Horrido auf die deutsche Jagd und ihren Schutzpatron ausbrachte und zuletzt „als Gegengabe für das vierfache Waidmannsheil“ vier Flaschen edlen Weinbrands bestellte.

Donnernder Beifall dankte dem Spender. Er war ohnehin der Held des Tages. Immer wieder trank man ihm zu, witzelte über seine „Superwaffe“ und die „mit ungeheurer Sprengkraft ausgestattete Munition“. Der Jagdkönig trank an diesem Abend viel mehr als bei ähnlichen Gelegenheiten. Als die Jagdgesellschaft endlich aufbrach, war er so stark „angeschlagen“, daß er ein Taxi bestellen oder im Tannenhof übernachten wollte.

„Keine Umständ’, mein Lieber! Ich bringe dich bombensicher zu Mutti! Gib mir nur den Schlüssel!“ Mit diesen Worten wischte sein Freund von Tuchwitz, der keineswegs nüchtern geblieben war, sich aber „vollkommen fit“ fühlte, alle Bedenken des schwankenden Jagdkönigs hinweg.

Naßkalter Nebel schlug ihnen draußen entgegen. Nach einigem Suchen fanden sie den „narrensicher“ geparkten

Wagen, stiegen ein. Von Tuchwitz schaltete das Licht und die Zündung ein, wollte anfahren.

„Verdammter Nebel! Ich seh' ja nichts!" fluchte er.

„Immer schön langsam an der Bordkant' entlang – dann kommst du schon hin!" brummelte von Brosius müde.

Von Tuchwitz kurbelte die Seitenscheibe herunter, sah den nächsten Wagen, die Straße vorn und fuhr langsam an. „Na siehst du – 's geht doch . . .", lächtelte zufrieden der Beifahrer und ließ sich seelig in Morpheus Arme fallen.

Der Chauffeur aber begann trotz des offenen Fensters zu schwitzen. Vor der Windschutzscheibe war alles grau in grau, und mit dem Blick durch das Seitenfenster und der unbequemen Haltung wurde die Fahrt zur Qual. Glücklicherweise waren die Straßen des Städtchens, dann auch die Land- und zuletzt die Waldstraße wie leergefegt. Auf den Seitenstreifen und die langsam zurückgleitenden Bäume starrend, hielt von Tuchwitz den Wagen mühsam auf der Fahrbahn.

Nach einer Ewigkeit, wie es ihm schien, bog er endlich in den Gutshof ein und drückte rücksichtslos auf die Hupe. Erschreckt fuhr sein Nebenmann aus einem lieblichen Traum hoch und stieß gegen die Decke:

„Donner, Blitz und Hagelschlag! Ich schieß dich nieder!" fauchte er wütend.

„Aussteigen! Wir sind da!" befahl von Tuchwitz ungerührt.

An der Hausecke flammte die Hoflampe auf, und die Gutsherrin persönlich öffnete die Tür.

„Um Himmelswillen! Ihr seid doch nicht etwa sooo gefahren!?“ schrie sie entsetzt und deutete auf die Windschutzscheibe. Von Tuchwitz, der zuerst ausgestiegen war, starrte auf die graue Glasfläche – sie war mit Zeitungen vollkommen abgedeckt!

„Heil'ger Bimban! Heil'ger Bimbam!“ stammelte er stark ernüchtert. „Das hätte böse ausgeh'n können!“

Von Brosius, der inzwischen auch mühsam herausgekraxelt war, erkannte trotz seines Rausches den ungewöhnlichen Sachverhalt sofort. Mächtig fuhr ihm der Schreck in die Glieder, verscheuchte fast augenblicklich die Wirkung des Alkohols. Erblassend stotterte er: „O sapperlot! Wie konnte – wie konnte – ich das vergessen!?“

Von Tuchwitz hatte sich als erster gefangen und philosophierte sarkastisch: „Ja, ja – Jagdkönigsehre – Alkohol – Lebensgefahr – fast wie der Ritt über'n Bodensee . . .“ „So! Jagdkönig und Alkohol! Da nützt alle Vorsorge nichts!“ seufzte die Baronin. Die Baronin beeilte sich, einen aromatischen Kaffee aufzubrühen. Als der erschütterte Jagdkönig zwei Tassen getrunken hatte, gelobte er feierlich: „Und wenn ich vierzehn Sauen schieße – will ich doch klaren Kopf behalten!“

„So wahr ich Heribert heiße!“ ergänzte von Tuchwitz den Schwur. „Oh, ihr unverbesserlichen Wildschützen!“, schloß resignierend die Gutsherrin. „Marsch ins Bett jetzt!“

Und die „Helden“ gehorchten . . .

Die kessen Schwestern

Das Fischerdorf Nidden war nicht nur als Badeort die „Perle" der Kurischen Nehrung, sondern auch der Sitz der Revierförsterei, in der ich damals den Forstdienst ausübte. Neben dem Dünen-, Forst- und Jagdschutz, geringem Holzeinschlag und einigen Neuaufforstungen gehörte der Jagdbetrieb zu meinen Hauptaufgaben. Elch und Reh, Fuchs, Hase, Huhn, Gans und Ente waren die Hauptwildarten, die dort vorkamen. Ich hatte nur ein paar Jagdgäste auf den Stangenelch zu führen; im übrigen übte ich die Jagd allein aus. Das war für mich natürlich fürstliche Freude; ich fühlte mich wie der Herrscher über ein weites, grün-weißes, von Wasser, Wind und Sonnenschein umspieltes Reich.

Es war an einem der ersten Septembertage mit blauem Himmel, strahlender Sonne und glitzerndem Wellenspiel, als ich zwischen Preil und Perwelk auf Enten jagte. Bodo, mein erstklassiger Deutsch-Kurzhaar-Rüde, war mein Begleiter. Er suchte die Schilfbuchten und -tümpel ab, brachte die dort festliegenden Enten zum Aufstehen und trug mir die geschossenen zu. Es machte große Freude, seiner sicheren und schier unermüdlichen Arbeit zuzuschauen. Zwei Buchten und drei Tümpel hatten wir bejagt; sechs Enten hingen am Galgen. Das sollte für heute genug sein. Es war inzwischen schon sehr warm geworden, und bis Preil, wo mein Fahrrad stand, hatten wir noch einige Kilometer zu laufen.

Zunächst aber legten wir im Schatten einer niedrigen Erle eine kurze Rast ein. Ich hängte die ausgezogenen Enten an einem Ast des Bäumchens auf, ließ mich daneben nieder und zündete mir eine Zigarette an. Als mein Blick dabei auf das glitzernde Wasser des Haffes fiel, bekam ich große Lust auf ein erfrischendes Bad. Sofort drückte ich die Zigarette in den Sand, zog mich aus, nahm die Flinte wie immer bis zum Ufer mit und lief zugleich mit Bodo in das aufspritzende, kühle Wasser. Wir schwammen eine ziemlich lange Strecke aufs Haff hinaus, Bodo immer ein Stück voraus, und kraulten in gemächlichem Tempo zurück. Erfrischt und gut gelaunt nahm ich die Flinte auf und lief vergnügt zu meiner Erle hin.

Aber da – ich sah's sofort – waren meine Kleider verschwunden. Die kurze Unterhose und die Stiefelhose, das Unterhemd und das grüne Forsthemd fehlten! Nur der Hut und die Stiefel samt Socken waren noch da; auch die Enten hingen am Erlenast. Mich durchfuhr es siedend heiß! Da hatte mir irgend ein Lump einen furchtbaren Streich gespielt! Was wird das für ein Aufsehen geben, wenn ich, oben mit Hut, unten mit Stiefeln und sonst nur mit Flinte und Enten „bekleidet" durchs Dorf zu meiner Wohnung eilen werde!? Verdammter Schurke! Weit konnte der doch noch gar nicht sein! Ich zeigte meinem Hund die Stelle, wo meine Kleider gelegen hatten, und forderte ihn auf: „Vorwärts, Bodo! Such und halt ihn!"

Er nahm sofort die Wittrung auf und sauste los, hin zu den mannshohen Kusselkiefern, die den Bewuchs der sich anschließenden Dünen bildeten. Ich sauste wie ein griechischer Olympiade-Sprinter, aber mit der Flinte bewaffnet, hinterdrein. Bereits hinter dem ersten größeren Kiefernbusch gab Bodo Standlaut. So recht, mein Hund! Dem werden wir's zeigen! Sekunden später war auch ich zur Stelle und – stand wie angewurzelt! Starrte entgeistert auf zwei hübsche, 17- bis 18jährige Mädchen in hellen, rotgeblühmten Sommerkleidern, die im Dünensand saßen und mir lächelnd zuwinkten.

„Was soll das heißen?" entfuhr es mir schließlich.

„Unbekleidet und unhöflich begrüßt man junge Damen nicht. Hinter Ihnen hängen Ihre Kleider, und den braven Hund dürfen Sie auch abrufen! Wir laufen nicht weg."

„Oh – Entschuldigung – Bodo, hier – bei Fuß!" stammelte ich verwirrt und beeilte mich, hinter die nächste Latschengruppe zu kommen, wo meine Hemden und Hosen fein säuberlich an Kiefernästen aufgehängt waren. Nach Fassung ringend und die höchst ungewöhnliche Situation überdenkend, zog ich mich schleunigst an. Wer waren diese selbstbewußten, kessen Mädchen? Was wollten sie von mir? Warum hatten sie nicht den geringsten Respekt, geschweige denn Angst vor Bodo? Wie sollte ich ihnen nun gegenübertreten? Eine ziemliche Frechheit war es schon, mich so bloßzustellen und in Verlegenheit zu bringen. Andererseits sahen sie ganz reizend und harmlos aus, wie kleine Lausbuben in Mädchenkleidern.

Als ich zurückkam, waren sie aufgestanden und schauten mich fragend an.

„Guten Tag, die ‚jungen Damen'! Hardt, mein Name. Was also bedeutet Ihr neckisches Spielchen?“

„Oh – immer noch böse? Wir bitten höflichst um Vergebung! Waren von Ihrer Schieß- und Schwimmkunst fasziniert und wollten auf etwas originelle Weise Ihre Bekanntschaft machen. Ich heiße Ruth Meiniger, und das ist meine Schwester Eva.“

„Ah-ja! Nach Ihrem Aussehen Zwillingsschwestern. Und so lange haben Sie mir schon zugeschaut? Das ist ja wirklich reizend!“

„Bitte, nun nicht mehr böse sein! Sie waren als Jäger und Sportler wirklich großartig! Wir interessieren uns aber mehr für den Jäger!“ sagte Eva in schelmischem Tone.

„Jetzt wird es interessant! Und weshalb, wenn ich fragen darf?“

„Sie dürfen! Aber machen wir es uns doch zunächst ein wenig gemütlich! Kommen Sie zu unserem ‚Beobachtungsstand‘. Wir laden Sie zu einem kleinen Versöhnungspicknick ein.“

„Das ist ja noch reizender – im positiven Sinne natürlich!“

„Na also! Nun scheint der Bann ja gebrochen zu sein!“ meinte Ruth lächelnd.

Auf ihrem Beobachtungsstand, einem kleinen Hügel zwischen den Kusselkiefern, holten sie aus einer Tragetasche eine Thermosflasche, zwei Tassen und ein Paket mit belegten Brötchen hervor, drückten mir eine Tasse in die Hand, gossen mir den Kaffee ein und empfahlen mir ein Schinkenbrötchen. Sie aßen Wurstbrötchen und tranken aus einer Tasse.

Eva war es, die den Faden wieder aufnahm: „Um auf unser jagdliches Interesse zurückzukommen: Wir sind eines Oberförsters Töchterlein, haben von ihm wahrscheinlich 'ne Menge Jagdpassion geerbt und wollen den Jagdschein erwerben. Paps hat aber zu wenig Zeit, um uns in der Vorbereitung nennenswert helfen zu können. Er legt uns einen Haufen Bücher auf den Tisch und meint: ‚Nun büffelt erst mal das Theoretische – in die Praxis kommt ihr noch früh genug hinein!' Uns interessiert aber die Praxis mehr als alle Theorie. Deshalb sind wir auch hierher zu dem einsamen Haffstrand gepilgert, um die vielen Vogelarten in natura kennenzulernen..."

„...und als wir Sie so meisterlich jagen sahen", fuhr Ruth fort, „dachten wir, daß Sie uns vielleicht einige Male auf die Jagd mitnehmen könnten – wenn es Ihre Zeit erlaubt – und Sie so nett wären?"

„Donnerwetter! Das hatte ich allerdings nicht vermutet! Dann sind wir ja beinahe Waidgenossen?"

„Tjuch – das wird wohl noch ein, zwei Jährchen dauern. Aber ihre Schülerinnen möchten wir gerne sein!"

„Bodo, was sagst Du dazu? So hübschen Schülerinnen kann man doch keine Bitte abschlagen?"

Bodo zeigte zustimmend seine weißen Zähne – und Evchen schob ihm spontan ihr Brötchen in den Fang.

„Na, damit ist die Frage schon beantwortet. Wie lange dauern Ihre Ferien?“

„Noch vier Wochen; sie haben erst vorgestern begonnen.“

„Prima! Da läßt sich schon einiges machen. Wo erreiche ich Sie?“

„Wir haben uns bei Hermann Blode in Nidden einquartiert; kennen Sie zufällig das Haus?“

„Zufällig! Das ist mein Stammlokal – fünf Minuten von meiner Klause.“

„Was? Sie wohnen in Nidden?“

„Aber ja! Und wir können dort unsere Jagdzüge besprechen.“

„Wundervoll!“ sprudelte es aus Eva heraus. „Wir laden Sie für heute Abend zum Essen ein!“

„Wird mit bestem Waidmannsdank angenommen. Um wieviel Uhr?“

„Um halb acht; es kommt aber auf ein paar Minuten nicht an.“

„Ich werde dennoch pünktlich sein. Muß aber jetzt schleunigst meine Enten heimbringen!“

„Dann Waidmannsheil und auf Wiederseh'n heut' Abend!“

„Waidmannsheil! Und Waidmannsdank für das Jagdfrühstück!“

Ich warf ihnen noch eine Kußhand zu und lief zu meinem Erlenbaum hinunter, mein Hund in langen Sprüngen voraus. Als ich zurückschaute, waren meine Schülerinnen schon verschwunden.

„Na, Bodo, solch eine Bekanntschaft in dieser Einsamkeit hättest auch Du nicht vorausgeahnt! Hat denn das Brötchen geschmeckt?“

„Jau – jau!“ antwortete Bodo und hob vor Freude einen Hinterlauf gegen den Erlenstamm...

Ich sah die kessen Schwestern an festlich gedeckter Tafel wieder. Der Wirt persönlich servierte uns die Spezialitäten des Hauses und auserlesenen Wein. Wir aßen, tranken, plauderten und vereinbarten den Treff- und Zeitpunkt für den ersten gemeinsamen Jagdgang. Es wurde urgemütlich und reichlich spät. Ich glaube, jeder von uns hatte einen kleinen oder größeren Schwips, als wir uns endlich trennten...

...und wir trafen uns nicht nur am übernächsten Tage wieder, sondern an jedem anderen dieser vier Wochen, an dem es meine dienstlichen Pflichten erlaubten. Wir sahen viel Wild auf unseren Streifzügen, auch einige Elchrudel und einen starken Elchschaufler. Meine Begleiterinnen waren begeistert, und ich staunte nicht wenig über ihre Ausdauer und Robustheit. Sie folgten mir durch Schilf, Heide und Palve, wenn ich Enten, Hühner und Tauben schoß.

Wurde es uns zu anstrengend und heiß, badeten wir in der See oder im Haff. Dann ging es weiter. Ich glaube, daß meine Schülerinnen in diesen Tagen viel von jagdlichen

Dingen erlernten. Wir waren auch an manchen Abenden im Hotel zusammen, tranken Brüderschaft, küßten uns und scherzten, vergaßen aber auch das Fachsimpeln nicht.

Die vier Wochen verflogen viel zu schnell. Eines Tages hieß es Abschied nehmen. Ich wünschte meinen kessen Schwestern Waidmannsheil und viel Erfolg für die Jägerprüfung...

...und erhielt nach einem Jahr ein unverhofftes Telegramm:

„haben dank deiner hilfe prüfung glänzend bestanden – stop – waidmannsdank – stop – und küßchen – stop – deine ruth – stop – dein evchen – stop..."

Ein bißchen Jägerlatein muß sein

Der verbitterte Keiler

Der alte Oberförster feierte sein vierzigjähriges Dienstjubiläum. Er war schon ein bißchen angeheitert und unterhielt uns in der „Männerecke“ mit saftigem Jägerlatein. Als die Damen unser dröhnendes Lachen hörten, kamen auch sie eiligst herbei – die Jäger hatten immer ein interessantes Repertoire auf Lager! Der Jubilar, in großer Fahrt von seinen „tollen Jagderlebnissen“ berichtend, stutzte nur einen Augenblick, spülte noch genießerisch den 17. Asbach hinunter und meinte lächelnd: „Ja, da wir nun Damenbesuch haben, muß ich wohl eine wahre Geschichte erzählen!?“

Auf unser erneutes Gelächter meinte er nur verächtlich: „Nein, nein, Ihr Grünschnäbel, da gibt's überhaupt nichts zu lachen! Die Geschichte ist so echt wie mein schwarzer Bart! Die Geschichte von dem verbitterten Keiler nämlich...“

Er tat noch einen langen Zug aus seiner armstarken Brasil und fuhr, von blauem Dunst umhüllt, todernst fort: „Also, besagter Keiler zog seine mächtige Fährte durch mein herrliches Bergrevier und war völlig aus der Art geschlagen. Wenn die Rauschzeit in vollem Gange war, schob er sich griesgrämig und vereinsamt ins dichteste Dickicht ein oder brach wütend, alle Gefahr mißachtend, am hellen Tag den Waldboden um. Kam jedoch der Hochsommer heran, wurde er liebestoll wie der Birkhahn im April. Da aber die Wildschweindamen zu dieser Zeit keinerlei Gelüste nach Liebe verspürten, wurde er trotz eifrigster Gebaren immer wieder abgewiesen. – Kinder, habt ihr keinen Kognak mehr? Oder soll ich verdursten?"

Er unterbrach und ließ den eiligst gereichten Asbach langsam im Munde zergehen. Nach dem Verblasen einer neuen mächtigen Rauchwolke setzte er die Erzählung fort: „Als der Keiler rastlos und mit grimmiger Wut unter den Borsten umherirrte, stieß er auf ein Liebespärchen, das sich herzte und küßte. Von Mißgunst gepackt, fuhr der schwarze Teufel auf die beiden los, schlitzte dem Jüngling das Hosenbein bis zum Rückgrat auf und nahm bei der Kehrtwendung das halbe Geblümte der Jungfrau mit. Während ihm der Kleiderfetzen die rotunterlaufenen Lichter verdeckte und er ihn, vor Zorn heftig blasend, abzustreifen versuchte, rettete sich das zersauste Pärchen auf meinen in der Nähe stehenden Fürstenhochsitz."

Als der Redner wieder eine Pause machte, hielt ich ihm schon den nächsten Kognak hin.

„Der Keiler, endlich von dem Tuch befreit, sah die Kletternden auf den letzten Sprossen, ergrimmte noch mehr und wetzte mit seinem Gewaff: ‚Wartet nur, ich will euch zeigen, was ein erbostes Hauptschwein leisten kann!' Ein kurzer Anlauf – und er erkletterte Sprosse um Sprosse. Die Liebesleute sahen das schwarze Ungetüm näher und näher kommen und schrien auf vor Entsetzten. Das Mädchen wollte schon in die Tiefe springen – der Basse hatte nur noch drei Querleisten zu überwinden; da brach die vorletzte – der fallende Dreizentnerkasten zerschmetterte sämtliche Sprossen bis hinunter zur Erde!! Das war ihm denn doch zu dumm! Blasend verschwand er im dichten Tann."

Noch eine Pause legte der alte Haudegen ein, nahm unerschüttert den 20. Kognak entgegen und führte gelassen die fast armlange Brasil zum Mund, bevor er unsere Neugier auf das Ende der Geschichte befriedigte: „Zitternd blieb das Pärchen auf dem luftigen Balkon zurück. Weil sich das Mädchen nicht getraute, an einem der Holme herabzuklettern, harrte auch der Bursche getreulich bis zum nächsten Morgen dort oben aus. Wie die beiden die zum Glück recht warme Sommernacht auf dem harten Bretterboden verbrachten, weiß ich natürlich nicht. Und was sie mir von dem wilden Keiler erzählten, als ich sie zufällig gefunden und mittels einer anderen Leiter heruntergeholt hatte, wollte ich kaum glauben. Doch sagt selbst, wie sollte es anders gewesen sein...?"

Aber keiner von uns wußte es...

Der meisterlich gespielte Skat

Nach der traditionellen kleinen Hasenjagd hatten wir uns in unserer Stammkneipe, dem „Adlerhorst“, mit einem pikanten Jägerschnitzel, einigen Bommerlundern und Pilsenern bestens gestärkt, um die sich anschließende Skatrunde durchzustehen. Der umsichtige Wirt hatte in der „Spelunke“, dem gemütlichen Nebenzimmer, schon alles für eine lange Sitzung vorbereitet. Von vier Tischen waren die Decken entfernt worden; Rauchutensilien und Gläser standen darauf; Kartenspiele, Bleistift und Schreibblocks lagen bereit.

Dritter Mann an unserem Tisch war Rittmeister a. D. von Rauken, der durch Vermittlung meines Freundes Rolf-Dieter in unseren Kreis aufgenommen worden war. Von Rauken hatte sich, obwohl er im Krieg den linken Arm verloren hatte, mit erstklassigen Schußleistungen und einem hervorragend arbeitenden Deutsch-Drahthaar-Rüden zu aller Zufriedenheit bei uns eingeführt. Er stellte einen schön gearbeiteten, halbrunden Kartenhalter vor sich hin und meinte gutgelaunt: „Meine Herren, das Spiel kann beginnen.“

Rolf-Dieter und ich merkten sehr bald, daß unser Gast nicht nur scharf schießen, sondern einen ebenso „scharfen“, fehlerfreien Skat spielen konnte. Ziemlich rasch wuchs sein Gewinnkonto an, während unsere Gesichter immer länger und länger wurden. Da schien die Wende zu kommen. Er hatte das Spiel mit 36 erhalten, die Karten fein säuberlich in seinem Halter geordnet und einen Grand angesagt.

„Mit meiner freundlichen Hilfe!“ rief fast empört Rolf-Dieter.

„Re!“ erwiderte eiskalt der Rittmeister, leerte sein Glas und zog den Kartenständer etwas näher an sich heran.

„Herr von Rauken wird dringend am Telefon verlangt!“ meldete in diesem Augenblick der Wirt vom Adlerhorst. Der Rittmeister erhob sich und sagte in einem Ton, als wär's die selbstverständlichste Sache der Welt: „Gestatten Sie, meine Herren, daß mein Hasso dieses Spielchen für mich macht. Ziehen Sie, bitte, jeweils die Karte, die mein Hund mit seinem Lauf anzeigt.“

Augenblicklich saß der Drahthaarrüde auf dem freigewordenen Stuhl, und Herrchen zeigte ihm die abgelegten Karten. Wir müssen die ungläubigsten und dümmsten Gesichter der Welt gemacht haben. An den anderen Tischen sprangen die Spieler auf; im Nu waren wir von neun „Kiebitzen“ umringt.

„Das Spiel gilt, meine Herren! Zeugen sind ja genügend vorhanden!“ Also sprach gelassen unser neuer Mitjäger und ging rasch hinaus. Stimmengewirr im Raum – dann Totenstille. Rolf-Dieter legte den Kreuz-Buben auf, ich tat Herz-As hinzu – und Hasso deutete mit seinem rechten Vorderlauf auf die am äußersten rechten (!) Ende im Halter steckende Karte. Ich zog für ihn Karo-Bub. Rolf-Dieter nickte zufrieden und neigte sich wie zufällig zu

Hassos Kartenhalter hinüber. „Wau“, klang es ihm markerschütternd entgegen, und ein fürchterlich drohendes Hundegebiß blitzte ihn an. Wir zuckten wie unter einem Peitschenhieb zusammen, und mein Freund riß heftig den Kopf zurück. Ringsum aber erzitterten die Fensterscheiben von dem dröhnenden Gelächter der Kiebitze.

Sichtlich verwirrt und völlig übereilt brachte Rolf-Dieter den Pik-Buben nach. Ich schmetterte die Herz-Zehn darauf – hatte ja eine lange Herzflöte –, und auf Hassos Zeichen durfte ich von seinen Karten die Kreuz-Sieben dazulegen. Dann spielte mein Freund die Kreuz-Acht auf, ich übernahm mit der Neun und der Hund – durch mich – mit dem As. Ich schob die Karten absichtlich zu Rolf-Dieter hinüber – und wäre beinahe vom Stuhl gefallen! Hochaufgerichtet fletschte mich der Rüde an! Mein Freund legte die drei Karten schleunigst auf den Platz des Rittmeisters. Während sich die neun Kiebitze mit schweren Lachkrämpfen abmühten, nahm Hasso selbstbewußt seine alte Stellung wieder ein.

Jetzt ließ er – wieder durch mich – die Kreuz-Zehn aufspielen. Triumphierend stach Rolf-Dieter mit dem Herz-Buben ein und erhielt von mir die Kreuz-Dame. Dann wollte er mich mit der Karo-Sieben ans Spiel bringen. Aber ich hatte nur „kleine Fische“ und übernahm mit der Acht. Hasso ließ das As drauflegen und sogleich den König nachbringen. Siegesgewiß knallte der Kontrageber die Zehn drauf, und ich – keineswegs so siegestrunken – schob langsam meine höchste Karte, die Pik-Dame, hinüber. Ernüchtert schaute mein Freund zu mir herüber, faßte sich aber schnell und legte die Herz-Sieben auf. ‚Jetzt meine Zehn!' schoß es mir durch den Sinn. Sie war längst weg. Resignierend übernahm ich mit der Acht. Hasso aber zog seine Lefzen hoch und deutete gewichtig auf die Karte am äußersten Rande des Kartenständers – es war der einsame Herz-König!

Wir erhielten keinen Stich mehr. Im Skat lagen Pik-As und Kreuz-König! Rolf-Dieter tat so, als zählte er unsere Karten durch und rief etwas zu laut: „Sechzig! Sechzig!"

Die Kiebitze hatten keine Zeit, darauf zu reagieren, denn blitzschnell war der Rüde auf dem Tisch und auf den Schwindler zu. Der Anprall war so stark, daß mein Freund nach hinten überkippte und zu Boden fiel. Wie ein „Rachegott" stand Hasso mit blitzenden Zähnen über ihm.

„Na, was hat denn mein Hund?" war in diesem Augenblick die Stimme des Rittmeisters zu hören, der unbemerkt eingetreten war. „Laß ab, Hasso! Wollen mal zählen."

Während sich Rolf-Dieter verstört aufrappelte und die Kiebitze vor Vergnügen brüllten, ordnete der Rittmeister die Karten stichweise und zählte sorgfältig.

„Soso! Neunundfünfzig Äuglein haben meine Kontrahenten nur! Kein Wunder, daß mein Hund böse war! Aber ich nehme an, daß sich der Herr nur verzählt hat." Dann wandte er sich an seinen Rüden: „Sag mal, Hasso, warum hast du mit dem Karo-König ein Auge verschenkt? Die Dame hätte es doch auch getan!?"

Hasso zog mehrmals hintereinander die Lefzen hoch und wedelte überaus heftig mit der Rute – kein Zweifel, er war außer sich vor Freude. Und Herrchen verstand seinen Hund. „Du bist doch ein Schelm fürwahr! Hattest genau mitgezählt und deinen Gegnern großzügig den Punkt geschenkt – um die Spannung zu erhöhen!?“

„Hau – hau!“ erwiderte Hasso und schmiegte sich an Herrchens Stiefelhose an. Und eine Hand strich liebevoll über den Kopf des Hundes. Dann wandte sich der Rittmeister mit folgenden Worten an uns:

„Liebe Waidgesellen, als Dank für den herrlichen Jagdtag und die freundliche Aufnahme in Ihrer Runde lade ich Sie zu einem kleinen Umtrunk ein. Auch meine ich, daß der von meinem Hasso gewonnene Grand ohne Drei eines guten Schluckes wert ist.“

Das war das Stichwort für die Wirtsleute, mit zwei großen Champagnerflaschen und einem Tablett voll glitzernder Sektkelche zu erscheinen. Sie schenkten uns den perlenden Wein ein, und wir tranken auf Hasso, den intelligentesten Jagdhund aller Zeiten...